Matthias Schlicht
Burgunder und Oliven

Matthias Schlicht

Burgunder und Oliven

Vom Leben in den besten Jahren

Patmos Verlag

VERLAGSGRUPPE PATMOS

PATMOS
ESCHBACH
GRÜNEWALD
THORBECKE
SCHWABEN
VER SACRUM

Die Verlagsgruppe
mit Sinn für das Leben

MIX
Papier aus verantwortungsvollen Quellen
FSC® C014496
www.fsc.org

Für die Verlagsgruppe Patmos ist Nachhaltigkeit ein wichtiger Maßstab ihres Handelns. Wir achten daher auf den Einsatz umweltschonender Ressourcen und Materialien.

Verlagsgruppe Patmos in der Schwabenverlag AG, Ostfildern
www.patmos.de

Umschlaggestaltung: Finken & Bumiller, Stuttgart
Satz: Schwabenverlag AG, Ostfildern
Druck: GGP Media GmbH, Pößneck
Hergestellt in Deutschland
ISBN 978-3-8436-1198-5 (Print)
ISBN 978-3-8436-1242-5 (eBook)

Inhalt

Der Tod hat nicht das letzte Wort,
das Leben hat das letzte Wort!

Margot Käßmann

Vorwort
oder Zum Wohle

Ich bin ein Genussmensch. Essen und Trinken sind für mich nicht Notwendigkeiten, um den Körper am Leben zu erhalten. Sie sind für mich die Perlen des Lebens. Der Kaffee am Morgen, das Croissant mit Himbeermarmelade, das gebratene Hühnchen zum Mittag mit warmem Kartoffelsalat, Petits fours zum Nachmittag, Brie de Meaux mit Oliven und Baguette sowie einem Glas Burgunder zum Abendessen: Das Leben kann so schön sein, auch ohne Managergehalt.

Meine Großmutter sehe ich immer nur kochend vor mir. Vor einem alten Kohleherd, der so richtig Hitze machen konnte. Ohne dass ich es wusste, hat sie mir in meiner Kindheit einen Impuls gegeben, den ich nie vergessen habe. Essen ist wichtig, Essen ist Gemeinschaft. Denn in der großen niedersächsischen Küche spielte sich das ganze Leben ab. Neben Herd und Kohlenkiste standen zwei Tische: einer für Großvater und seine Zeitung (neben Beck's Bier und Köm) und ein riesiger Esstisch in der Mitte. Dort machte ich später als Grundschüler meine Hausaufgaben, während Oma neben mir in einer großen Plastikschüssel den Abwasch machte.

Unser Leben als Familie war einfach, schlicht. Urlaube gab es nicht. Aber dafür gab es einen großen Gemüsegarten. Er belebte das Essen jeden Tag aufs Neue. Man mag es heute kaum glauben: Um Champignons für den Salat zu bekommen, ging Oma auf die benachbarte Wiese. Alles andere steckte im Boden und musste nur ausgegraben werden: Kartoffeln, Möhren, Radieschen, Zwiebeln, Lauch. Ab dem ersten Frost gab es Grünkohl, eine Abwechslung von den Bohnen, die Oma mit Birnen und Speck machte. Eine genussvolle Kindheit für mich (von den Steckrüben einmal abgesehen), die mich geprägt hat.

Als Student mit eigener Küche in der kleinen Hamburger Studentenbude habe ich immer noch in den Küchenkinderschuhen gelebt. Selbst mit schmalem Bafög-Bezug konnte ich stets eine gute Tomatensauce zur Pasta machen oder beim Türken um die Ecke kleine Leckereien kaufen. Es muss nicht immer Kaviar sein. Einen Wein konnte ich mir meistens nur zum Wochenende leisten. Den billigsten Chianti in der Fiasco-Flasche vom Discounter, wobei ich immer überlegte, warum keine Kopfschmerztabletten mitgeliefert wurden. Aber alles hat seine Zeit. Die Lust am Leben samt Essen und Trinken ist geblieben.

Die Geschichten in diesem Buch sind voller sinnlicher Eindrücke. Einige sind tränen-salzig, andere prosecco-spritzig, daneben finden sich muskat-herbe und zuckersüße Abschnitte. Geschichten vom Leben in den besten Jahren. Diese Jahre können schon in der Kindheit beginnen, manche Menschen lernen sie erst später kennen. Für einige bedarf es schwerer Schicksalsschläge, um sich darauf zu besinnen. Für andere reicht schon ein schöner Sonnenuntergang am Meer. Oder ein Burgunder mit Oliven.

Rumglas
oder Das letzte Hemd

Eine wunderbare Erzählung von Siegfried Lenz trägt den Titel *Leute von Hamburg.* Als Erzähler sitzt der Autor in einer Kneipe und beobachtet die Menschen, die vorübergehen. „Hamburger sind Leute, die sich selbst für Hamburger halten", weiß er. Er sieht eine langbeinige Reederstochter, einen jungen Kaufmann, einen ABC-Schützen, einen Umzugsunternehmer, einen Künstler, einen Hafenarbeiter, einen Senator und noch viele mehr. Doch der erste Blick auf die Vorbeigehenden reicht ihm nicht. Er will tiefer blicken. Hinter dem äußeren Schein möchte der beobachtende Erzähler das Innere der Menschen erkennen: ihre Geschichte, ihre Freude, ihre Angst, das Glück und das Heil. Um diese Tiefensicht zu erlangen, benutzt er ein „geschliffenes, altmodisches, langstieliges Rumglas", das er sich – nach mehrmaligem Genuss des Inhalts – vor die Augen hält. Wie in einem Brennglas verdichten sich die äußerlichen Sinneseindrücke. Wie mit einem Fernglas kann er nun weiter schauen. Wie durch ein Prisma erkennt er die Brechungen des Lebens an den vorbeieilenden Passanten.

Ich habe kein altes Glas. Ich habe einen alten Satz. Den habe ich zuerst von meiner Großmutter gehört, als ich noch ganz klein war und neben ihrem Kochherd auf der Kohlenkiste saß. „Das letzte Hemd hat keine Taschen!“ Sie lehrte mich damit eine tiefe Weisheit, die ich als Kind natürlich noch nicht so ganz begreifen konnte. Ich wusste damals auch noch nicht, dass Oma mit diesem Satz einen Schlager von Hans Albers zitierte. Ein populäres Lied, das Albers 1957 im Film *Das Herz von St. Pauli* gesungen hat.

Erst sehr viel später – in meinem Beruf als Pastor und mit den Erfahrungen meiner längeren Lebensgeschichte – begann ich, Omas Satz wie das Glas von Siegfried Lenz vor die Augen zu halten. Wenn ich Begegnungen und Geschichten meines Lebens und Wirkens damit betrachte, erhalten die Erlebnisse eine andere Dimension. Eine neue Tiefenschärfe.

Wer weiß? Können auch die Lebensgeschichten meiner Leserinnen und Leser mehrdeutig werden? Das letzte Hemd hat keine Taschen. Betrachten wir das Leben im Rückblick und zugleich im Ausblick auf diese Weise einmal neu.

Hurtigruten
oder Die Reise am Ende

Hinter der Adresse verbarg sich kein Haus, sondern eine noble Stadtvilla im Umland von Lüneburg. Der Vorgarten war eher ein Park, was sogar ich als Gartenarbeitsmuffel erkennen konnte. Ich klingelte an der großen Tür. Eine elegante Frau Anfang 60 öffnete mir. Sie war die Witwe, die ihren Mann im Alter von 66 Jahren „plötzlich und unerwartet" verloren hatte. Ich war mit ihr zum Trauergespräch verabredet. Das Innere der Villa entsprach dem äußeren Eindruck: exquisit und elegant, mit viel Geschmack und Geld ausgewählt. Wir nahmen Platz. Die Frau bot mir Cream Tea und Scones an. Sehr geschmackvoll. Als Pastor auf dem plattdeutschen Land hatte ich so eine Atmosphäre noch nicht erlebt. Dann fing die Frau an zu erzählen. Mit ruhiger Stimme.

Sie hatte ihren Mann einst im Studium kennengelernt. Er war erfolgreicher Jurastudent, der gleich nach dem Examen eine Promotion anschloss. Ebenfalls erfolgreich. Sie heirateten; sie bekam eine Tochter und beendete ihr Studium. Er eröffnete eine Anwaltskanzlei und baute sie so geschickt auf, dass sie zu einer der erfolgreichsten juristischen Adressen in Hamburgs Süden geworden ist. 16 Mitarbeiter sind dort angestellt. Und ihr Ehemann war der Chef, der treibende Pol, die motivierende Unruhe, fleißig und zielstrebig. Es verging kein Tag, an dem er nicht mit Akten nach Hause kam. Sein Engagement zahlte sich aus. Auch finanziell. Die Villa ließen sie vor zehn Jahren bauen. Urlaub hat er mit seiner Frau nie gemacht. Im Sommer fuhren sie höchstens für einen Tag zum Eisessen an die Alster oder in Hagenbecks Tierpark. Manchmal gingen sie abends schick essen, meistens in Verbindung mit einem Geburtstag. Ansonsten: nur Arbeit. Wenn sie ihn nach Urlaub fragte, so lautete seine Standardantwort: „Mein Schatz, das machen wir, wenn ich mit 65 in den Ruhestand gehe. Dann machen wir die große Reise."

Er hat sein Wort gehalten, soweit er es konnte. Mit 65 ging er in den Ruhestand und keine Akten waren mehr im Haus zu finden. Stattdessen, wie versprochen, holte er Reiseprospekte. Das Ehepaar war sich noch nicht sicher: Machen wir eine Kreuzfahrt in der Karibik oder fahren wir zum Nordkap mit Hurtigruten? Eine Suite mit Außenbalkon, First Class, Wellness, mit allen Ausflügen, die man dazubuchen kann. Die Traumreise schlechthin. Fast zwei Wochen waren sie am Planen. Dann ging sie am letzten Freitagvormittag zum Frisör. Als sie wieder nach Hause kam, saß er auf dem Sofa. In sich zusammengesackt, beinahe so, als wäre er eingeschlafen, mit dem Prospekt der Hurtigruten in der Hand. Sie wusste sofort: Er ist tot. Der Arzt bestätigt es: ein plötzlicher Herzanfall, unvorhersehbar, sofort tödlich.

„Ja", sagte die Witwe, „und nun sitzen wir hier." Von einem Moment auf den anderen strömten die teuren Möbel und Bilder und Teppiche ein Gefühl von Traurigkeit aus.

Die Haustür wurde geöffnet. „Das ist unsere Tochter", sagte die Witwe. Elegant gekleidet und frisiert kam die junge Frau festen Schrittes auf mich zu und reichte mir die Hand. Als sie ihre Kostümjacke auszog, sagte die Witwe: „Sie hat es auch weit gebracht. Sie ist Personalleiterin bei einer großen Hamburger Firma." Ich bemerkte ihren Stolz. Die Tochter setzte sich und fragte, wie weit wir mit der Planung der Trauerfeier gekommen seien. „Noch gar nicht", sagte ich, „Ihre Mutter sprach über Ihren Vater." „Oh", sagte sie, „ich habe aber nicht viel Zeit. Heute Abend ist noch Vorstandssitzung. Wegen mir haben sie die etwas nach hinten gelegt, aber viel Zeit habe ich nicht." „Gut", meinte die Mutter, „der Pastor und ich kriegen das auch allein hin." Und – schwupps – stand die Tochter auf und ging wieder, die Jacke über den Arm gelegt. Keine drei Minuten hatte das gedauert. Die Mutter nickte mir zu und meinte: „Sie hat viel von ihrem Vater." „Ja, ja", sagte ich, aber gedacht habe ich nur: „O Gott!"

Die Trauerfeier wurde unter großer Anteilnahme der Familie, der Freunde, der Mitarbeiter und Arbeitskollegen abgehalten. Der Schrecken über diesen jähen Tod war manchen direkt ins Gesicht geschrieben. Wohl mancher wird gedacht haben: „Das hätte auch mich derart treffen können." So viele Dinge schieben wir immer wieder gern in die Zukunft, als hätten wir unsere Lebenszeit in Händen. Doch der Todestag steht nicht im Voraus in unseren Terminkalendern. Ich bin mir sicher, dass viele in der Trauergemeinde solche Gedanken hatten. Genauso bin ich mir sicher, dass wohl alle am nächsten Tag wieder so weitermachten wie vorher.

Ein paar Wochen später finde ich in meiner Post eine Ansichtskarte vom Nordkap. Die Witwe hat sie mir geschickt mit freundlichen Grüßen. Sie hat kurz nach der Trauerfeier ihre Tochter darauf angesprochen. Und die Tochter ist mit an Bord! „Es ist sehr schön hier", steht auf der Karte, „und wir haben sogar das Nordlicht am sternklaren Himmel gesehen."

C'est la vie
oder Der Fußballschuss des Lebens

Er war der Schrecken aller Schrecken. Alle Bösewichte in den James-Bond-Filmen hätten gegen ihn verloren. Er war arrogant. Er war gemein. Er war Südfranzose. Er war Choleriker. Er war mein Klassenlehrer. Französischunterricht mit ihm in der siebten Klasse. Mein Untergang stand nahe bevor, das war mir nach der ersten Woche vollkommen klar. Seine Pädagogik kam aus Zeiten, als der Film *Die Feuerzangenbowle* noch nicht gedreht war. Er ließ uns Schüler auswendiglernen; er saß auf (!) dem Pult und fragte uns dann ab. Jeder kam dran, und bei jedem Fehler wurde der Delinquent angeschrien. Ich verdanke diesem Lehrer, dass ich vor schreienden Menschen Angst habe. Zumindest für 30 Sekunden, dann atme ich tief durch und kann ruhig reagieren. Aber Anbrüllen gehört für mich nicht zu den Grundformen der menschlichen Kommunikation. Im Französischunterricht war das nun aber die Regel. Ich fühlte mich wie im Film *Spiel mir das Lied vom Tod*, nur dass ich keine Mundharmonika dabei hatte. Dafür hatte ich Angst. Pädagogische Motivation pur.

So kam es, wie es kommen musste. Für die erste Klassenarbeit bekam ich ein „mangelhaft".

Die zweite Arbeit endete mit einem „ungenügend". „Eine Sechs!", blaffte mich der Lehrer an. Da er außerdem noch Klassenlehrer war, fügte er hinzu: „Zum Halbjahr kannst du ja zur Realschule wechseln. Kinder von Arbeitern passen da besser hin!" Nur zur Vergewisserung: Wir waren im Jahr 1974! Kurz zuvor hatte Bundeskanzler Willy Brandt verkündet: „Auch Arbeiterkinder dürfen auf das Gymnasium." Meine Eltern haben ihm geglaubt.

Dieses Jahr hatte wenigstens *ein* Highlight. Es war das Jahr der Fußballweltmeisterschaft in Deutschland. Abgesehen vom verlorenen Spiel gegen die DDR in Hamburg war ja auch alles in Ordnung. Nachmittags spielte ich allein im elterlichen Garten und versuchte, mein Dribbeln zu verbessern. Mein Berufswunsch stand fest: Ich werde Fußballnationalspieler! Gerd Müller konnte bestimmt auch kein Französisch. Das Ende meiner Karriere auf dem Gymnasium stand mir deutlich vor Augen. Ich schämte mich, weil ich wusste, dass meine Eltern (Arbeiter!) auf Urlaub verzichteten, damit ich die Buskarte und die Schulbücher bekommen konnte.

An einem Nachmittag übte ich Weitschüsse und Flanken. Ein Schuss hatte die perfekte Flugbahn. Leider landete der Ball in Nachbars Garten. Auf dem Grundstück war ein Mehrfamilienhaus, in das gerade ein junges Ehepaar eingezogen war. Meine Mutter hatte sie schon kurz gesehen und begrüßt. Mama meinte, einen österreichischen Dialekt vernommen zu haben. Nun lag mein Fußball drüben hinterm Zaun. Die neue Nachbarin war im Garten und reichte ihn mir lachend zurück. Ich bedankte mich höflich und sie fragte mich nach meinem Namen und wo ich denn zur Schule ginge. Geflissentlich antwortete ich. Sie fragte nach meinem Lieblingsfach. Ich sagte, dass ich eigentlich alles ganz interessant finde. „Nur nicht dieses doofe, blöde, bescheuerte Französisch. Das finde ich voll daneben!" „Oh, là, là", antwortete die Nachbarin, „ich bin Französin!" So viel zum Thema „österreichischer Dialekt".

„Komm doch mal rüber und bring dein Französischbuch mit; wir können ja mal gucken. Ich bin auch Lehrerin, aber nicht an deiner Schule." Schamrot wie eine Tomate holte ich mein Übungsbuch und ging zu ihr. Ich sollte ihr etwas vorlesen. Wir gingen eine Übungsaufgabe durch. „Seltsam", sagte sie, „du kannst das ja!" Ich war verblüfft. Wie konnte das sein bei Zensuren von „mangelhaft" bis „ungenügend"? Die Nachbarin bot mir an, dass ich zweimal die Woche zur Nachhilfe rüberkommen könnte. Als ich das meiner Mutter berichtete, ging sie sofort zu ihr und kam erstaunt zurück. Die Nachhilfe sollte fünf Mark kosten. Nicht pro Stunde, sondern für beide Stunden in der Woche. Meine Mutter war erleichtert und ich auch. So wurde aus dem doofen Französisch im Laufe von wenigen Wochen ein interessantes Fach. Die dritte Klassenarbeit stand an. Ich bekam ein „gut"! Und kurz vor den Zeugniskonferenzen noch eine Arbeit. Wieder ein „gut"! Mein Lehrer war sichtlich erstaunt. Ich wurde also mit Bravour versetzt. Ich blieb weiter auf dem Gymnasium und machte schließlich mein Abitur. Fußballnationalspieler bin ich nicht geworden, sondern Pastor. C'est la vie.

Wenn ich heute an diese Zeit zurückdenke, dann ist das Erlebte keine kleine lustige Lebensanekdote. Hätte ich damals den Fußball nicht über den Zaun verschossen, wäre die ganze Nachhilfe nicht in Gang gekommen. Mit Sicherheit wäre ich nicht versetzt worden, hätte die Schule gewechselt. Ich hätte andere Menschen kennengelernt, einen anderen Beruf gewählt. Meine Frau, die ich auf dem Gymnasium kennenlernte, wäre eine andere, ebenso wären andere Kinder aus der Ehe hervorgegangen. Wäre, wäre, hätte, hätte! Die Konjunktive häufen sich. Durch den Fußballschuss ist alles so gekommen, wie es nun ist. Wie ich nun bin.

Gern benutzen Menschen das Wort „Zufall". Sie beschreiben damit das Gefühl, dass ihnen etwas zu-fällt, quasi vor die Füße fällt, ohne dass sie damit gerechnet haben. Der „Zufall" ist eine so einschneidende Erfahrung, dass sich nicht nur Philosophen, sondern auch Physiker damit beschäftigen. Als Pastor stehe ich in der Gefahr, hinter dem Zufall den lieben Gott zu entdecken. Doch ich bin vorsichtig. Aus „Zufall" sterben täglich Menschen, nur weil sie zur falschen Zeit am falschen Ort sind. Wenn Gott das unerwartete Gute wirkt oder fügt, dann muss er auch das schreckliche Schicksal bestimmen. Aber wo bleibt dann noch unser freier Wille, wenn alles vorbestimmt ist? Fragen über Fragen.

Die Antwort kann nur jeder für sich selbst finden. Kein Prediger kann von der Kanzel herab die Zufälle des Einzelnen erklären. Die Erklärung liegt in uns selbst. Ich nehme meinen Fußballfehlschuss tatsächlich als eine Fügung. Ein Geschenk, das mir Gott zuteil werden ließ. Mit der Nachbarin öffnete sich eine Tür für den Fortgang meines Lebens. Über die Türschwelle zu schreiten war meine Aufgabe. So bin ich heute hier als der, der ich bin. Übrigens: Französisch habe ich als Fach in der Oberstufe dankend abgewählt.

Tantalus
oder Ganz nah dran

Tantalus war ein unsympathischer Mensch. In der griechischen Sagenwelt begegnet er uns als König, der sich nicht unter Kontrolle hat. Heutzutage wäre er Berufspolitiker oder Manager in der Automobilbranche. Zum ersten Mal zeigt sich sein zweifelhafter Charakter, als ihm die Götter eine unverhoffte Einladung zukommen lassen: zu einem Abendessen auf dem Olymp. Tantalus entpuppt sich dabei als jene Sorte von Gast, die es auch noch in der Gegenwart gibt, bei dem der Gastgeber sich fragt, warum man ihn überhaupt eingeladen hat. Er erweist sich als ein unangenehmer Gesprächspartner, der obendrein kriminelle Eigenschaften hat. Er stiehlt zum Ende des Mahles Nektar und Ambrosia vom Tisch der Götter. Heute wären es wahrscheinlich Champagner und Kaviar. Auch eine goldene Statue lässt er mitgehen. Die Götter sind ziemlich empört, doch Tantalus streitet die Vorwürfe einfach ab und geht.

Dennoch lässt ihn der Abend nicht ruhen. Er fühlt sich ertappt und damit in seiner königlichen Räuberehre gekränkt. Er möchte es den Göttern heimzahlen und lädt sie zu einem kulinarischen Gegenbesuch ein. Normalerweise pflegen Götter nicht bei sterblichen Menschen zum perfekten

Dinner zu erscheinen, aber hier machen sie eine seltene Ausnahme. Tantalus will allerdings die Götter nicht verwöhnen, sondern demütigen. Er will ihnen beweisen, dass sie nicht ganz so allwissend sind, wie sie gern behaupten. Deshalb setzt er ihnen als Hauptgang eine grässliche Speise vor, die aber unter der Sauce nicht zu erkennen ist. Dafür hat Tantalus seinen jüngsten Sohn Pelops eigenhändig getötet, zerteilt und geschmort. Doch schon nach dem ersten Bissen riechen die Götter den Braten und verfluchen den kochenden König auf drastische Weise. Homer berichtet davon anschaulich im 11. Gesang der *Odyssee:*

„Auch den Tantalos sah ich,
mit schweren Qualen belastet.
Mitten im Teiche stand er,
den Kinn von der Welle bespület,
Lechzte hinab vor Durst,
und konnte zum Trinken nicht kommen.
Denn so oft sich der Greis hinbückte,
die Zunge zu kühlen,
Schwand das versiegende Wasser hinweg,
und rings um die Füße
Zeigte sich schwarzer Sand,
getrocknet vom feindlichen Dämon.
Fruchtbare Bäume neigten
um seine Scheitel die Zweige,
Voll balsamischer Birnen,
Granaten und grüner Oliven,

Oder voll süßer Feigen
und rötlichgesprenkelter Äpfel.
Aber sobald sich der Greis aufreckte,
der Früchte zu pflücken,
Wirbelte plötzlich der Sturm sie empor
zu den schattigen Wolken."

Diese Qualen tragen bis heute den Namen des Übeltäters. Und noch einmal wurde Tantalus zu einem Namensgeber, allerdings erst im England des 19. Jahrhunderts. In den Herrenhäusern von betuchten Lords und Ladies war es eine Tischsitte, nach dem Essen in kleinen Gläsern alkoholische Köstlichkeiten an die Gäste auszuschenken. Doch Portwein und Whisky in den teuren Kristallflaschen weckten die Begehrlichkeit von Butlern und Dienstmädchen. Um diesen den heimlichen Genuss zu verwehren, wurde ein Holzkasten entwickelt. Die Karaffen standen eng nebeneinander, doch waren sie nur zur Hälfte zu sehen. Denn im unteren Teil waren sie von einer Lade umgeben, die nur mit dem Schlüssel der Lordschaft zu öffnen war. Ohne Schlüssel gab es kein Schlückchen, obwohl man die schönen flüssigen Inhalte in den Glasflaschen sehen konnte. Was für Qualen! So dicht dran, doch man kommt nicht ran. In Erinnerung an die griechische Sage wurde der Kasten daraufhin „Tantalus" genannt.

Für meinen Tantalus musste ich nicht nach England reisen. Ich fand ihn in Husum. Dort machen meine Frau und ich gern unseren Sommerurlaub. In einem kleinen Reetdachhaus an der Husumer Bucht mit viel Zeit zum Kochen, Genießen, Lesen und Bummeln. Gern streifen wir durch Antiquitätenläden. Was man da alles entdecken kann, ist erstaunlich. Ab und zu sogar ein Schnäppchen. Ein goldener Ring mit Aquamarin zum Beispiel. Gefragt nach dem Preis meinte die Verkäuferin: „Der liegt hier schon seit Jahren in der Kiste. Was der wert ist, weiß ich nicht. Aber da ihn bisher keiner wollte, können Sie den für 40 Euro haben." Noch nie hatte ich so schnell meine Geldbörse gezückt. Nun ziert der Ring meinen kleinen Finger.

Ebenso zufällig entdeckte ich im nächsten Urlaub einen englischen Tantalus. Er war in hervorragendem Zustand. Mit Beschlägen, drei Kristallkaraffen, sieben kleinen Likörgläsern, einem Geheimfach für Spielkarten, mit Schlüssel und mit einer geheimnisvollen Plakette. Auf einem angenagelten Messingschild las ich folgende Inschrift: „H. M. Factory Gretna. Presented to Mr. James Wright by the members of his staff. Sept. 30th 1919". Deutsch: „Fabrik Ihrer Majestät Gretna. Mr. James Wright überreicht von den Mitgliedern seiner Mannschaft. 30. September 1919".

Was für eine geheimnisvolle Geschichte verbarg sich hinter diesem Tantalus? Ich kaufte ihn, wie beim Ring erstaunlich günstig, trug das schwere Teil durch den Husumer Hafen und stellte ihn im Urlaubsquartier neben meinen Laptop. Dann begann die Spurensuche, die schon nach einer knappen Stunde viele Enthüllungen brachte. Die königliche Fabrik in der Ortschaft Gretna in Schottland war keine gewöhnliche Industrieanlage. Sie war die größte Produktionsstätte für Sprengstoff im Ersten Weltkrieg. Über 17.000 Menschen arbeiteten dort zur Herstellung von „Devil's Porridge", d. h. „des Teufels Brei". Der Name ist übrigens eine Erfindung von Sir Arthur Conan Doyle, dem Schriftsteller, dem wir Sherlock Holmes verdanken. Bei diesem „Brei" handelte es sich um Cordit.

Nach dem Krieg waren andere Sprengstoffe gefragt, sodass das Werk nicht mehr benötigt wurde. Zur Abwicklung der Schließung wurden aber immer noch viele Mitarbeiter benötigt. Eines dieser Arbeitsteams stand offenbar unter der Leitung von Mr. James Wright. War der Tantalus ein Geschenk der Mitarbeiter zu seinem Abschied oder zu seiner Hochzeit? Denn auch das verriet das Internet: Bei den vielen in Gretna lebenden Männern und Frauen kam es auch in Zeiten des Krieges zur Liebe und zu Trauungen. Auch Mr. James Wright heiratete, sogar sein Hochzeitsbild ist im Internet zu finden. Ein schneidiger Kerl – stehend in Uniform. Neben ihm die sitzende, schöne Braut. Ob Abschied oder Hochzeit: Der Anlass für das Tantaluspräsent ist nicht mehr zu entdecken.

Bei meiner Spurensuche dachte ich an eine Szene, die Heinrich Heine in seiner *Harzreise* beschrieben hat. In einer Bergmannsstube im Oberharz sieht er eine alte Dame. Sie sitzt – wie Heine vermutet – wohl schon jahrelang neben einem Holzschrank. Heine schreibt, sie habe dem Schrank wohl ihre Seele eingehaucht. Was für ein schönes Bild! Was für eine treffende Beschreibung! Wenn ich neben dem Tantalus und seiner Geschichte sitze, schweift mein Blick über andere Gegenstände bei mir zu Hause. „Erbstücke", sagen wir meistens, doch jedes einzelne hat auch etwas zu erzählen. Die Standuhr von den Großeltern, die beim Luftangriff auf Hamburg im Zweiten Weltkrieg beinahe umgestürzt wäre. Das SABA-Radio „Freudenstadt", das sich meine Eltern zur Hochzeit 1961 angeschafft haben (zum Preis eines Monatsgehalts). Die Matador-Nähmaschine von Oma aus den 1920er-Jahren, die immer noch funktioniert. Oder die Uhrensammlung meiner Frau. Genauso wie ich kann sie Armbanduhren nicht wegwerfen, selbst wenn sie nicht mehr funktionieren. Sie sammelt sie in einem Kinderschuhkarton. Da war die Uhr, die sie zur Einschulung bekam; eine weitere zur Konfirmation. Dann die Omega von ihrem Großvater oder die Silberuhr ihrer Mutter, die diese bei ihrer Silberhochzeit trug. Durch einen Zufall lernten wir in Buxtehude eine Uhrmacherin kennen. Sie ermutigte uns, die alten Uhren untersuchen zu lassen. „Vielleicht kriegen wir da ja noch was hin." In der Tat. Stück für Stück wurden die alten Armbanduhren wieder gängig gemacht. Mit einem neuen Armband wird auch ein einfacher Zeitmesser aus Kindertagen zum Hingucker. Und die Leute gucken hin und fragen: „Was ist das denn für ein Teil? Wo haben Sie die denn her?“ Dann erzählt meine Frau die jeweilige Uhrengeschichte und das Interesse ist ganz auf sie gerichtet.

Wohl jeder von uns hat Erinnerungsstücke. Viele halten sie in Ehren, verbunden mit liebevollen Erinnerungen, ob Schmuck, Glas oder Möbel. Das Dumme ist nur: Die Stücke können – trotz der ihnen innewohnenden Seele – nicht reden. Das müssen *wir* machen. Immer, wenn meine mittlerweile erwachsenen Kinder zu Besuch kommen, ergibt es sich von ganz allein. Die Geschichte der Standuhr, die Story vom Tantalus. Eines Tages werden meine Kinder sie erben. Wichtiger jedoch als der Materialwert ist das Erlebte, die Erinnerung an das Geschehnis, das sich dahinter verbirgt. Dem nachzuspüren ist es wert, Zeit in Reparaturen oder Gespräche zu investieren. Es gibt Spannendes zu entdecken. Und manchmal führt der Weg von Husum aus zurück nach Schottland im Ersten Weltkrieg und weiter bis zu einem bösen König in der griechischen Sage.

Kornbauer
oder Ein moderner Typ

Ich schätze Menschen, die gute Geschichten erzählen können. Georges Simenon, Siegfried Lenz, meine Oma, Martha Grimes, Franz Kafka, Uwe Timm. Und Jesus. Jesus? Ja, wirklich er! Mit seinen Gleichnissen hat er – wie ich finde – die Gattung der kleinen und guten Erzählung erfunden. Der verlorene Sohn, der barmherzige Samariter, die Vögel unter dem Himmel: herrliche Bilder, wunderbare Kurzgeschichten. In der Kürze liegt die Würze, eine Einsicht, die viele Pastoren und Pastorinnen leider vergessen haben. Meine Lieblingsstory ist im Lukasevangelium, Kapitel 12, zu finden.

„Und er sagte ihnen ein Gleichnis und sprach: Es war ein reicher Mensch, dessen Feld hatte gut getragen. Und er dachte bei sich selbst und sprach: Was soll ich tun? Ich habe nichts, wohin ich meine Früchte sammle. Und sprach: Das will ich tun: Ich will meine Scheunen abbrechen und größere bauen und will darin sammeln all mein Korn und meine Vorräte und will sagen zu meiner Seele: Liebe Seele, du hast einen großen Vorrat für viele Jahre; habe nun Ruhe, iss, trink und habe guten Mut! Aber Gott sprach zu ihm: Du Narr! Diese Nacht wird man deine Seele von dir fordern. Und wem wird dann gehören, was du angehäuft hast? So geht es dem, der sich Schätze sammelt und ist nicht reich bei Gott."

Der reiche Kornbauer: Das bin ich. Mein ganzes Leben war bisher – ökonomisch betrachtet – auf Gewinnmaximierung programmiert. Das habe ich bestimmt von meinen Eltern gelernt. „Du sollst es einmal besser haben als wir!", der Satz der Generation, die durch Krieg und Hölle gegangen ist. Ein guter Satz, aber mit Nebenwirkungen. Alles muss eben besser sein und besser werden. Schulnoten, Examenszeugnisse, das Gehalt. Im Beruf kann ich auch alles noch optimieren: Arbeitsabläufe, Zahlen, am Ende muss es immer besser sein als im Vorjahr. Das gilt auch im Pastorenjob. Mehr Geld für die Gemeindearbeit eingeworben, für die Stiftung, für Konzerte. Es geht immer nach oben; es muss immer nach oben gehen. Diese Regel lernen wir alle jeden Abend kurz vor der Tagesschau. Dann kommt der Bericht von der Börse. Haben eigentlich alle deutschen Bürger Aktien? Ich wundere mich jeden Tag. Hauptsache, der DAX steigt. Wenn er schwächelt, bekommt ganz Deutschland Schnappatmung.

Wenn immer alles nach oben gehen soll, wenn alles besser, schneller, billiger werden muss, dann spricht man von einer „Effizienzstrategie". Je älter ich werde, desto mehr wird für mich eine „Suffizienzstrategie" lebenswichtig. „Suffizienz" beinhaltet die Frage: Wann habe ich „genug", wann „reicht es mir", um glücklich leben zu können? Wenn ich mit meiner Frau abends auf der Terrasse in Buxtehude sitze, ein Glas Wein auf dem Tisch, die Sonne scheint warm durch die Bäume, dann bin ich glücklich. Dieses Gefühl kann ich natürlich auch auf Mallorca haben, aber hier gefällt es mir genauso gut. Manchmal ist weniger … mehr! Der reiche Kornbauer in der Gleichnisgeschichte von Jesus hat es nicht kapiert. Er war nicht im Hier und Jetzt, sondern immer im Morgen. Aber das Leben ereignet sich heute. Mit dem, was du bist, und mit dem, was du hast.

Die Mörderin
oder Am Abgrund

Ein wundervoller Sommerabend. Meine Frau und ich sitzen in einem Bistro in der untergehenden Sonne. Vor uns: ein Teich mit Enten, Kinder, die mit Stöckchen schmeißen, Eltern und Großeltern, die befürchten, die Kleinen könnten ins Wasser hineinfallen. Ach, wie schön ist das. Dazu ein kühles Glas Wein und ein Erdbeereis. Herz, was willst du mehr? Es gibt Momente im Leben, die möchte man für immer festhalten. Es kann alles schön und einfach gut sein.

Mein Handy vibriert. Auf dem Display erkenne ich: Der Bestatter ruft an. Für mich – selbst in diesem Moment – kein Problem. Es geht nur um eine schnelle Terminabsprache. So kommt es dann auch: „Beisetzung mit Sarg am Donnerstag in einer Woche, 14 Uhr. Okay?" Ich sage: „Okay, bitte die Daten per Mail an mich." Das dauert keine 30 Sekunden, und doch ist viel passiert. Die Angehörigen wissen den Termin, die Anzeige kann in die Zeitung und die Karten können in Druck gehen.

Ich nehme einen weiteren Schluck und genieße die Abendstimmung. Ob irgendjemand um mich herum (abgesehen von meiner Frau) ahnt, dass ich eben gerade eine Trauerfeier terminiert habe; dass jetzt, in diesem Moment, Menschen um einen Angehörigen trauern? Ich gebe zu: Es ist ein Stück Routine für mich. Es sind Arbeitsabläufe, die einfach zum Leben und zum Beruf dazugehören.

Am nächsten Morgen schaue ich in meine Mails. Der Bestatter hat mir, wie immer, alle Daten und Infos zugesandt. Der Verstorbene: 71 Jahre, Anmerkung: schwere, schnelle Krebserkrankung; seine Frau: Adresse, Telefonnummer. Ich rufe an; sie wirkt sehr gefasst; ich drücke mein Beileid aus und verabrede einen Besuchstermin am kommenden Vormittag.

Dann stehe ich vor der Tür. Eine Wohnsiedlung, typisch 60er-Jahre. Wohnung im zweiten Stock; ich klingele, die Tür wird aufgedrückt. Ich gehe die Treppen hoch, rieche Bohnerwachs und Schuhe, die vor den Haustüren rumstehen. In Deutschland ist so gut wie alles verboten. Aber dieser Schuhabstell-Wahnsinn ist irgendwie zu einem Naturgesetz geworden.

Die Witwe steht an der Wohnungstür. Sie ist schwarz gekleidet, Ende 60, aber ihr Gesicht ist von so vielen Falten durchzogen, dass ich mich frage, ob sie mal in der Landwirtschaft gearbeitet hat. Sie führt mich in das kleine Wohnzimmer. Die Polstergarnitur stammt mit Sicherheit aus den 70er-Jahren; bei meinen Eltern sieht die auch so aus. Die Schrankwand und die Kommoden sind mit Puppen besetzt: Käthe-Kruse-Stil, nur einfacher. Dafür jedes Püppchen mit selbstgehäkelten Röckchen, Mützchen, Mäntelchen, Schühchen.

Wir sitzen uns gegenüber. Die Frau sagt kein Wort. Ich auch nicht. Man kann auch einfach mal nur ruhig sein. Sie atmet mehrmals tief ein und aus. Dann sagt sie den Satz, den ich bis heute nicht vergesse: „Herr Pastor, ich habe meinen Mann ermordet!" Ich höre das und denke: „Was?! Krebs. Das sagt der Totenschein. Aber sie sagt: ermordet?" Ich frage nach: „Könnten Sie mir das erklären?" Und dann erzählt sie. Georges Simenon hätte daraus mit Sicherheit eine Maigret-Geschichte par excellence gefertigt.

> „Wir waren 36 Jahre lang verheiratet. Ich habe ihn erst nach der Hochzeit richtig kennengelernt. Er war ein sehr cholerischer Mann; wenn er Ärger hatte, in der Firma oder mit Nachbarn oder mit Freunden, dann hat er es bei denen nie herausgelassen. Aber wenn er zu Hause war, bei mir, dann kam die Wut über ihn. Er schlug mich. Mit der Hand. Mit der Faust. Mit seinen Füßen trat er mich. In den Hintern, ins Gesicht, auf die Brust, in den Unterleib. Er war dann wie ein Tier. Dabei schrie er wie von Sinnen. Die Nachbarn hörten es, obwohl ich lernte, keinen Laut von mir zu geben, wenn er mich schlug. Es war die Hölle. *Er* war die Hölle. Die Nachbarn wussten, warum ich wieder mit Sonnenbrille und Schal über dem Mund zum Einkaufen ging. Eine Nachbarin sprach mich einmal ganz nett an: ‚Soll ich nicht die

Polizei rufen?' ,Nein', sagte ich ganz ehrlich, ,dann schlägt er mich tot.'

Dann passierte es im letzten Jahr. Mein Mann hatte schlimme Bauchschmerzen, er ging zum Arzt, was er sonst nie tat. Der Arzt schickt ihn sofort ins Krankenhaus, dort gleich OP. Sie haben ihn dort aufgemacht und gleich wieder zugemacht. Magenkrebs, gestreut, auch die Leber betroffen. Da kann man nichts mehr machen. Der Chefarzt sagte zu mir: ,Ihr Mann ist ein lebendiger Kadaver. Wir können hier nichts mehr tun, Ihr Hausarzt wird ihn medikamentös so einstellen, dass er keine Schmerzen mehr hat.'

Nun war er also wieder da. Er zog sich seine Jogginghose an und legte sich ins Bett. Er wollte, dass ich ihm den Fernseher reintrage. Da stand er nochmals auf, weil ich das Anschließen der Antenne nicht hinbekam; er schlug mir so auf den Mund, dass ich meine Krone verlor. Dann legte er sich wieder hin. Er schickte mich los, eine neue Flasche Whisky zu kaufen.

Am nächsten Tag kam der Hausarzt. Er verordnete ihm ein richtig starkes Schmerzmittel. Dann sah der Arzt die Whisky-Flasche und nahm sie an sich. ,Keinen Alkohol mehr. Keinen Tropfen. Weder Whisky noch Wodka, weder Schnaps noch Bier oder Wein. Sonst sterben sie sehr schnell.' Mein Mann grummelte vor sich hin. Ich hörte zu. Ich hörte ganz genau zu.

Der Arzt ging und ich ging zu ALDI. Ich kaufte Whisky. Gleich zwei Flaschen. Die erste Flasche war schon am Ende des Tages leergetrunken. Jeden Tag habe ich ihm wieder eine Flasche gekauft. Ich wusste ja, er darf das nicht. Aber er trank. Und ich wollte, dass er stirbt. Endlich stirbt. Mich nie wieder schlägt. Nie wieder aufsteht mit dieser ekligen Jogginghose, mit all dem, was ich hasse.

Letzten Dienstagmorgen ging ich in sein Zimmer. Er war tot, das sah ich sofort. Das Wasserglas mit Whisky war noch in seiner Hand; der Whisky ausgelaufen auf der Bettdecke. Großer brauner Fleck. Ich habe das Glas und die Flasche in die Küche gebracht, seine Bettdecke weggenommen und meine aufgelegt, dann bin ich mit Raumspray rumgelaufen, dass man den Fusel-Geruch nicht riechen kann. Dann habe ich den Bestatter angerufen und der hat dann den Arzt informiert. Der Totenschein liegt hier. An Krebs gestorben. Eindeutig. Aber ich … ich habe ihn umgebracht."

Ich sitze der Frau gegenüber und weiß – bei Gott – nicht, was ich sagen soll. Zunächst stammele ich: „Alles, was Sie mir gesagt haben, fällt unter die Schweigepflicht. Nichts geht nach draußen." Das scheint die Frau zu beruhigen. Ich denke derweil weiter nach und sage: „Ich weiß nicht, ob das Mord ist. Ich bin kein Staatsanwalt, kein Ankläger. Ich frage mich: Wie können Sie damit jetzt leben?"

Die Frau sagte nichts. Sie schwieg. Ich habe nicht dazwischengeredet. Irgendwann fragte sie: „Was sagen Sie denn bei der Trauerfeier?" Ich antwortete: „Das weiß ich noch nicht, aber ich werde von dem, was Sie mir jetzt erzählt haben, natürlich nichts äußern!" „Danke", sagte sie, und wir verabschiedeten uns.

Das Schreiben der Predigt hat mich wirklich gefordert. Im Mittelalter sagte man: Leichenpredigten sind Lügenpredigten! Und Lügen mag ich nicht. Also: kein verbrämter Lebenslauf, keine Heraushebung von irgendwelchen besonderen Taten. Dass er seine Frau regelmäßig schlug, hätte ich ja auch nicht sagen wollen. Also nahm ich mich ganz zurück. Theologisch ging ich aber ganz nach vorn. Ich erinnerte die kleine Trauergemeinde daran, dass kein Mensch einen anderen ganz und gar kennt. Jeder hat seine Schatten- und seine Lichtseiten. Manche haben auch ganz tiefe Schattenseiten, mit Abgründen ohne Ende. Darüber zu urteilen, das ist auf Erden eine Sache von Gerichten (wenn man es denn will); aber im Jenseits ist diese Frage unseren irdisch-juristischen Urteilen enthoben. So stellen wir den Verstorbenen Gott anheim.

Mehr konnte ich nicht sagen. Ich rede nicht von „der Hölle". Die Hölle: Die tun wir Menschen uns im Leben an, anderen an, uns selbst an. Schlimmer kann es manchmal nicht werden.

Am Ende der Trauerfeier umarmte mich die Witwe. Ob ich ihr irgendeinen Trost geben konnte, weiß ich nicht. Aber: So, wie sie zu mir ehrlich war, wollte ich zu ihr ehrlich sein.

Unglaublich
oder Demenz hat Bewusstsein

Einmal in der Woche mache ich Besuche im Krankenhaus. Die meisten der Besuchten sind zunächst etwas überrascht, aber sie freuen sich dann doch. Natürlich nicht alle; manche machen mit Worten oder mit einer abweisenden Geste deutlich, dass sie mit „der Kirche“ nichts zu tun haben wollen. Ich sage mir dann: Jeder soll nach seiner Fasson gesund werden. Und ehrlich gesagt: Ich würde auch nicht an jedem Tag – unangemeldet – mit einem Pastor an meinem Krankenbett reden wollen. Auch ich habe das Recht, einmal schlecht drauf oder allein zu sein.

Auf dem Krankenhausflur von Station 3 spricht mich eine Schwester an. Sie weiß, dass eine Dame, die schon lange behandelt wird, wohl bald (sprich: noch heute) sterben wird. Die Angehörigen werden um 19 Uhr kommen. Da die sterbende Dame immer eine Bibel und ein Gesangbuch auf dem Nachttisch liegen hat, vermutet die Krankenschwester, dass sie fromm sei. „Allerdings ist sie schon seit Wochen nicht mehr ansprechbar. Vielleicht freuen sich die Angehörigen doch über ein wenig Trost von Ihrer Seite.“

Ich bedanke mich für ihren Hinweis. Oft schon habe ich erlebt, dass Schwestern ein feines Gespür dafür haben, was Patienten bewegt, auch wenn diese sich nicht mehr mündlich dazu äußern. Ebenso haben sie oft ein gutes Einfühlungsvermögen, was die Angehörigen betrifft.

So auch in diesem Fall. Fast. Als ich gegen 19.30 Uhr an der betreffenden Krankenzimmertür klopfe, sehe ich die Angehörigen. Ein Mann, zwei Frauen, ein Junge und ein Mädchen im Konfirmandenalter. Der Mann kommt sogleich auf mich zu, gibt mir die Hand und bittet mich, kurz vor die Tür auf den Flur zu kommen. Er stellt sich als der Sohn der sterbenden Frau vor. Herzlich bedankt er sich für mein Kommen und gleichzeitig entschuldigt er sich. „Die Schwester sagte mir, sie habe Ihnen Bescheid gesagt. Das ist zwar nett, aber unnütz! Meine Mutter versteht uns schon seit Wochen nicht mehr. Sie öffnet nicht mehr die Augen, sie nickt nicht mit dem Kopf und sie reagiert auch nicht, wenn wir ihre Hände streicheln. Danke trotzdem, dass Sie sich auf den Weg gemacht haben. Aber wie gesagt … umsonst."

„Wenn ich schon mal da bin", sage ich, „dann kann ich auch mal kurz reinkommen, wenn Sie erlauben. Vielleicht ist es ja auch für Sie und Ihre Familie ein Trost, noch einmal gemeinsam mit Ihrer Mutter den Psalm 23 zu hören." Der Sohn nickt. „Das stimmt."

Wir betreten das Krankenzimmer. Der Sohn stellt mir seine Frau, seine Schwägerin und seine beiden Kinder vor. Ich sage, dass ich nun den Psalm lesen und danach das Vaterunser und einen Segen sprechen möchte. Dann wende ich mich der Sterbenden zu. Ihr Gesicht ist wächsern und eingefallen. Die Zahnprothesen wurden aus ihrem Mund entfernt. Ihre Haare sind sorgsam gekämmt. Ich berühre leise ihre Hand und stelle mich vor. „Guten Abend, Frau …, ich bin Pastor Schlicht. Ich möchte Ihnen gern etwas aus der Bibel vorlesen und beten.“ Die Angehörigen stehen mir gegenüber und ich ahne ihr inneres Achselzucken. Aber ich begrüße jeden Menschen, auch wenn er mich nicht mehr verstehen kann. Meine Großmutter hat mir beigebracht: „Das gehört sich so!“

Ich lese den Psalm, langsam, aber deutlich. Dann spreche ich das Vaterunser. Nach dem „Vater unser im Himmel“ bewegt die Sterbende mit geschlossenen Augen ihren Mund und betet mit. Ohne Worte. Wir sehen aber alle deutlich, dass sie die Lippen bewegt. Die Angehörigen beten zwar leise mit, sind aber in Gedanken bei dem Wunder, das sie gerade sehen. Mit dem Amen bewegen sich ihre Lippen nicht mehr. Beim Segen zeichne ich der Sterbenden ein Kreuz auf die Stirn. Dann will ich mich bei den Angehörigen verabschieden, aber der Sohn spricht mich sofort an. „Das ist unglaublich. Meine Mutter sagt schon so lange nichts mehr, sie reagiert auf nichts. Und jetzt betet sie einfach mit. Wenn ich das nicht selbst gesehen hätte …“ Seine Frau ergänzt: „Dann muss sie doch immer noch etwas mitbekommen haben von dem, was passiert. Vielleicht haben wir es einfach nie bemerkt."

Es ist meine feste Überzeugung, dass Menschen, die angeblich „nichts mehr mitbekommen", sehr wohl viel mitbekommen. Das Berühren der Hände, das Streicheln der Wangen, das Kämmen des Haares.

Ich sagte: „Denken Sie mal daran, als Ihre beiden Kinder, als sie ganz klein waren und noch nicht sprechen konnten, Ihre Anwesenheit gespürt haben. Bestimmt hatten Ihre Kinder auch mal im Säuglingsalter Fieber. Und Sie haben sich dann einfach nur an ihr Bett gesetzt und die Hand auf die Stirn gelegt. Was passierte dann?" „Sie wurden ruhig", sagte die Mutter. „Ja", meinte ich, „sie haben Ihre Nähe gespürt. So wie Ihre Mutter jetzt Ihre Nähe gespürt hat." „Unglaublich", sagte noch einmal der Sohn. „Einfach unglaublich."

Fährmänner
oder Nimm mich mit, Kapitän, auf die Reise

Auch der schönste Urlaub geht einmal zu Ende. Selbst auf der Insel Föhr. Für die Rückfahrt auf der Fähre habe ich die früheste Verbindung gewählt. Kurz vor sechs Uhr morgens. 30 Minuten vorher muss ich an der Mole sein. Auf Nummer sicher gehend, bin ich schon 45 Minuten früher da. Der Ordner weist mir meine Standreihe an. Nur ein einziges Auto steht bereits da. Ich erkenne es von Weitem. Ein Wagen von einem Bestattungsinstitut. Es macht mir nichts aus, dahinter zu parken. Da ich noch viel Zeit habe, steige ich aus und will zur Mole gehen. Da komme ich an den zwei Mitarbeitern vom Bestattungsinstitut vorbei. Sie lehnen an der Motorhaube, auf die sie eine Thermoskanne, Becher und eine Tupperbox mit Broten gelegt haben. Frühstück einmal anders. Ich gucke die beiden freundlich an, einer eher lang, einer eher klein gewachsen. Mir fällt spontan ein Chanson ein, das von Mike Krüger stammt. In seiner frühen Schaffensperiode schrieb er die Ballade *Leichenwagen (Auf der Straße nach Hamburg-Ohlsdorf).*

„Moin“, sagt der Lange, „’tschuldigung, haben Sie mal Feuer für mich?“ Die Zigarette hat er schon im Mund, aber sein Feuerzeug geht nicht an. „Klar“, sage ich als notorischer Nichtraucher, Feuer habe ich immer dabei. Er bedankt sich und fragt, ob ich auch einen Kaffee haben möchte. „Gern“, sage ich. Vorher hatte ich noch keinen trinken können. Er öffnet die Fahrertür und ich sehe, dass auf der Ladefläche ein Überführungssarg liegt. Aber der Pappbecher, den er für mich holt, liegt zum Glück vorn. „Sie haben doch keine Angst vor uns?“, fragt er, als er mir den Kaffee einschenkt. „Nein“, sage ich, „wir sind ja fast im gleichen Gewerbe.“ „Wie, auch Bestatter?“ „Nö, Pastor.“ „Na, dann sind wir wirklich fast Kollegen.“ „Wo müssen Sie denn heute noch hin?“ „Nach Gifhorn“, sagt der Lange. „Die Verstorbene ist 72 Jahre und im Urlaub hier auf der Insel gestorben. Mit ihrer Freundin war sie hier. Vor zwei Tagen legte sie sich nach dem Aufstehen gleich wieder hin. Es ging ihr nicht gut. Darauf ist dann ihre Freundin allein mit dem Fahrrad nach Nieblum gefahren, hat dort zu Mittag gegessen, kam zurück und fand ihre Freundin tot vor dem Bett liegend. Im Nachthemd, die linke Hand ans Herz gekrallt. Sie hatte Diabetes und nun wohl einen schnellen Herzinfarkt. Die Freundin ist zum Glück ganz ruhig geblieben und hat den Notarzt angerufen, und dann das Übliche: Polizei, natürliche Todesursache, Totenschein, Bestatter anrufen. Die Freundin möchte, dass die Tote zu Hause in Gifhorn bestattet wird; also machen wir jetzt die Überführung zum Bestatter dort vor Ort. Familie hat die Tote keine; sie war alleinstehend, nur ihre

Freundin hatte sie. Und die hat das alles prima organisiert."

„Das ist ja eine Geschichte!", sage ich. Der Kleine meint: „Ob ich so etwas möchte, wenn ich wählen könnte? Im Urlaub sterben? Lieber zu Hause. Aber die meisten Alten sterben doch heute sowieso im Krankenhaus oder im Altenheim." Ich überlege für mich: Wie wäre das, wenn ich im Urlaub sterben würde? Eine schwierige Frage. Zu einer Antwort komme ich nicht, denn die Fähre aus Amrum ist im Hafen von Wyk am Einlaufen und bereits nahe vor der Mole. Der Lange wirft den Zigarettenstummel fort und singt leise, aber durchaus theatralisch mit Blick auf die Fähre: „Don't pay the ferryman. Don't even fix a price." Chris de Burgh hätte sich gefreut, denke ich im Stillen. Der Kleine fragt: „Warum soll man eigentlich den Fährmann nicht bezahlen?" Da kann ich mich nicht zurückhalten. „Also, in der griechischen Sagenwelt gab es einen Fährmann mit Namen Charon. Er fuhr die Toten über den Fluss Acheron, manche sagen auch Styx, und fuhr sie in die Totenwelt. Vorher mussten die Angehörigen einen Obolus für den Toten an Charon bezahlen. Wenn sie es nicht taten, fuhr Charon nicht, und der arme Tote musste als Geist hundert Jahre am Ufer des Flusses umherirren." „Die spinnen, die Griechen!", sagt der Lange, den Philosophen Obelix zitierend. „Naja", meine ich, „hinter jeder alten Sage steckt vielleicht ein Körnchen Wahrheit.

Auch die alten Griechen waren wohl schon der Ansicht, dass man sich um die Verstorbenen kümmern muss. So wie es die Frau hier auf Föhr für ihre tote Freundin getan hat. Vielleicht meinten sie auch, dass nach dem Tod nicht alles aus ist. Da kommt noch was. Da passiert noch was. Eine Überfahrt. Ein Fährmann wartet. Der bringt dich als Toten über den Fluss in ein anderes Reich. Wer weiß?"

Die Fähre legt an. Der Leichenwagen wird als Erster reingewunken, dann fahre ich hinterher. Wir steigen aus und gehen in die Cafeteria der Fähre. Wir setzen uns wie selbstverständlich gemeinsam an einen Tisch zum Bootsmannfrühstück. Noch 50 Minuten bis Dagebüll. Wir reden über die Fahrt nach Gifhorn und planen, einen Konvoi zu bilden: Bestatter mit Sarg im Auto vorneweg, Pastor hinterher. „Genauso wie auf dem Friedhof beim Gang zur Gruft", lacht der Kleine. „Jetzt erzähle ich Ihnen mal eine Story", meint er, zu mir gewandt. „Sie sind ja auch ein fröhlicher Kerl, da traue ich mich das. Also: Meine alte Tante hat sich vor einem Jahr die Hand gebrochen. Da lag sie nun im Krankenhaus in ihrem Zimmer und nach ein paar Tagen klopft es an ihrer Tür. Sie rief ‚herein!', und wer kam dann? Der Pastor vom Krankenhaus, ganz in Schwarz mit dieser Kalkleiste am Kragen. Meine Tante sah ihn und schrie laut: ‚O mein Gott, muss ich sterben? Wollen Sie mich holen?'" Wir lachen. Ich frage, ob die Antwort des armen Pastors auch von der Tante überliefert worden sei. Aber das hat die Tante leider vergessen.

Wir gehen wieder zu unseren Wagen. Die Fähre legt an. Zum Abschied geben wir uns die Hand. „Don't pay the ferryman", sagt der Lange lächelnd zu mir mit erhobenem Zeigefinger. Ohne nachzudenken erwidere ich: „And don't pay the reverend. Don't even fix a price. Until he gets you to the other side."

Gartentaube
oder Unverhofft kommt doch

Ein ganz normaler Sommertag in meinem Leben als Pastor. Es geht los mit der Dienstbesprechung um acht Uhr. Zuvor eine kleine Andacht in der Kirche, dann die Runde der MitarbeiterInnen, Termine werden weitergegeben, Projekte geplant. Das kostet Zeit und manchmal auch Nerven, wenn der nächste Termin schon um zehn Uhr wartet. Besuch bei einem Ehepaar, das Goldene Hochzeit feiert. Um elf Uhr folgt ein Besuch bei einem 90-jährigen Geburtstagskind. Die Frau wohnt auf der Demenzstation im Pflegeheim, freut sich aber mächtig über die Blumen, die ich ihr überreiche. Um zwölf Uhr stehe ich zu Hause am Herd und bastele „Toast Hawaii" (den Klassiker von Clemens Wilmenrod aus dem Jahr 1955) frisch und mit Erfolg selbst zusammen. Um 13 Uhr kommt meine Frau aus der Schule und wir haben unser Mittagessen. Um 14 Uhr gehe ich ins Gemeindehaus, damit ich den Besuchsdienstkreis vorbereiten kann. Von 15 bis 17 Uhr sitzen wir zusammen, schauen die Jubilare des nächsten Monats an und klären, wer von uns wen besuchen kann. Kurz nach 17 Uhr habe ich ein Traugespräch, wobei die Hauptfrage des Paares an mich lautet: „Kennen Sie einen Dudelsackspieler? Wir wollen einen zum

Einzug bei unserer Hochzeit. ‚Amazing grace' soll er spielen!"

Dann war es 19 Uhr und ich hatte Feierabend. Dachte ich. Dass der heutige Abend jedoch anders verlaufen sollte, sah ich am Gesicht meiner Frau. Sie hatte Tränen in den Augen. „Was ist denn los?", fragte ich sie. „Geh mal in den Garten und schau. Eine Taube ist gegen unsere Fensterscheibe geflogen, nun liegt sie auf dem Rasen. Sie lebt und bewegt sich noch. Nur ihr Schnabel ist völlig kaputt; die untere Hälfte ist abgebrochen. Ich habe ihr eine Untertasse mit Wasser hingestellt, aber sie kann nicht mal mehr trinken. Ich habe in der Praxis unserer Tierärztin angerufen, aber die Öffnungszeiten waren schon vorbei. Wir können das Tier doch nicht leiden lassen. Die Tierärztin hätte auch nichts anderes mehr machen können, als ihr eine Todesspritze zu geben. Aber nun? Kannst du die Taube erlösen?"

Spontan und aus dem Herzen heraus wollte ich „Nein" sagen. Ich habe noch nie im Leben ein Tier getötet. Dass Tiere getötet werden und wie das vor sich geht, wusste ich schon von Kleinkindbeinen an. Meine Großeltern hatten Hühner und niedliche Kaninchen. Vor allem diese „Hoppelpoppel" mochte ich. Ich fütterte sie mit Grashalmen und kraulte gern ihr weiches Fell. Als ich noch nicht zur Schule ging, ließ mein Großvater mich beim Töten und Ausnehmen nicht zusehen. Ich sollte dann zu Oma ins Haus gehen. Später durfte ich wieder in den Hof und dann sah ich, wie felllose, nackte Kaninchen kopfunter und kopflos am Haken vom Schuppen hingen. Für mich war das kein Schock, jedenfalls kann ich mich nicht an ein Entsetzen bei mir erinnern. Das war eben so. Das machte man so. Fertig. Und Omas geschmortes Kaninchen mit kleinen Zwiebeln und Senfsauce habe ich immer gern gegessen.

Nur einmal bekam ich einen richtigen Schrecken. Am Ende unserer Straße war die Schlachterei Soltau. Dort wurde noch richtig geschlachtet, einmal in der Woche. Das konnte ich an zwei Merkmalen bereits als Kind erkennen. Zum einen wurden Kühe vom Lastwagen vor der Schlachterei abgeladen, und ab und an – zu meinem großen Vergnügen – büxte eine Kuh aus und lief unsere Straße entlang, verfolgt von den Männern in weißen Lederkitteln, die das Vieh wieder einfangen und zurückbringen mussten. Das zweite Erkennungszeichen war das „Blutrohr", das vom Schlachter unterirdisch bis zur Seeve gelegt worden war. Heute undenkbar: Damals wurde das Blut einfach in den Fluss geleitet. Das Rohr mit seinem Ausfluss konnte man von der Seevebrücke aus sehen. Und wir sahen, wie das Blut daraus in den Fluss lief und ihn rot färbte. An diesem Tag durften wir Kinder natürlich nicht flussabwärts an der Seeve spielen oder gar in ihr baden.

Eines Tages wollte mein Großvater vom Schlachter Dosenwurst kaufen (wer kann sich noch an sie erinnern?). Ich wollte gern mit. Die Dosen holte der Opa immer vom Schlachthof selbst ab, wo er mich an die Hand nahm und mich an den dort wartenden Kühen vorbeilotste. Er traf den Schlachter und dann – wie es auf dem Dorf so üblich war – wurde erst einmal geklönt. Ich stand immer noch an Opas Hand und dann passierte es. Zunächst ein Knall und dann ein wahres Erdbeben. Gleich hinter mir brach eine Kuh tot zusammen. Der Mann mit dem Bolzenschussgerät wollte gerade weggehen, als er von Opa ausgeschimpft wurde.

In der Tat: Von einer toten Kuh erschlagen zu werden, das ist für ein Kind kein toller Gedanke. Erschüttert war ich nicht über den Vorgang des Tötens (den habe ich ja auch nicht gesehen), sondern über die spürbare Erschütterung, die der Zusammenbruch der Kuh an meinem ganzen Körper auslöste. Zum Trost bekam ich vom Schlachter ein Würstchen.

Bis heute bin ich kein Vegetarier, obwohl ich mehrmals in der Woche fleischlos esse. Wenn ich allerdings Schweinefilet, Hühnerbrust, Kalbsleber oder Lammkeule esse, dann weiß ich: diese Fleischstücke gehörten zu einem Tier, das gelebt hat und für unsere Ernährung getötet wurde. Auch wenn ich auf biologische Aufzucht viel Wert lege und bereit bin, dafür sogar sehr viel Geld zu bezahlen – es bleibt dabei: Das Tier ist getötet worden, damit ich sein Fleisch essen kann.

Auch wenn mir also das Töten von Tieren bekannt ist: Selbst geschlachtet habe ich nie. Ein Tier getötet habe ich auch niemals. Aber an diesem Feierabend, der nun gar nicht mehr feierlich war, sah ich mich mit dieser schlimmen Aufgabe konfrontiert. Ich ging in den Garten zur Taube. Sie lag ganz still da. Nur ab und zu versuchte sie, mit den Flügeln zu schlagen, als könne sie sich noch selbst mit einem Flug aus ihrer Notlage befreien. Aber das Fliegen ging auch nicht mehr. Und ohne ihren Schnabel würde sie verhungern und verdursten. Von den Schmerzen, die sie seit dieser Zerschmetterung erleiden musste, ganz zu schweigen. Ich atmete tief durch. Also dann. Theoretischer Plan in meinem Kopf: einen dicken Ast vom Kaminholz hinter dem Haus nehmen, einen gezielten Schlag in den Nacken der Taube. Das müsste es dann gewesen sein. Soweit der Plan. Nun zur Praxis. Ich nahm die Taube in meine Hände. Sie war ganz leicht und warm. Sofort spürte ich in meinen Fingerspitzen ihren aufgeregten Herzschlag. Mir war zum Heulen zumute. Ich lüge nicht, wenn ich sage, dass ich am liebsten ein Gebet gesprochen hätte. Aber ich ging dann ohne Gebet zum Holzstapel, nahm das Holzstück, schaute auf den Nacken und schlug einmal kräftig zu. Der Kopf der Taube sank ruckartig nach unten; ihr Herzschlag war nicht mehr in meinen Fingerspitzen. Ohne zu überlegen, legte ich sie auf den Rasen vor die Tannen. Dann holte ich den Spaten, grub ein kleines Loch unter den Bäumen, legte die Taube hinein und schüttete das Loch wieder zu.

Drinnen wartete meine Frau. Sie war die ganze Zeit nicht im Garten dabei. Sie fühlte, dass sie das nicht miterleben konnte. „Na?", fragte sie mich. „Ich habe die Taube unter den Tannen begraben." „Und wie geht es dir?" Ich zuckte mit den Schultern. Was sollte ich sagen? „Traurig. Irgendwie richtig traurig."

Den Rest des Abends nutzten wir zu einem langen Spaziergang durch unsere Feldmark. Wir redeten nicht viel. Die Sommersonne ging langsam unter. Wir sahen Stare, Amseln und Spatzen. Tauben sahen wir auch. Hinten am Waldrand entdeckten wir zwei Rehe. Die Natur lebt. Wir leben auch. An diesem Abend wurde es uns wieder einmal von der schönen und schweren Seite schmerzlich bewusst.

Sternenstaub

oder Ein Blick in die Unendlichkeit

We are stardust, we are golden.
We are billion year old carbon …
So sangen es einst Crosby, Stills, Nash & Young beim Woodstock-Festival.

Wir sind Sternenstaub, wir sind golden,
wir sind eine Milliarde Jahre alter Kohlenstoff …

So empfinden es vielleicht die Konfirmanden unserer Kirchengemeinde … in einer ganz besonderen Nacht, bei einem für alle unvergesslichen Erlebnis.

Der Höhepunkt der Konfirmandenzeit in der St.-Paulus-Kirchengemeinde in Buxtehude ist ohne Frage die Sommerfreizeit. In der letzten Woche der Sommerferien fahren die Konfis (ca. 40) mit jugendlichen Begleitern (ca. zwölf), Teamer genannt, für eine ganze Woche in einen kleinen Ort bei Uelzen. „In the middle of nowhere" – so lautet der Spitzname. Denn außer der großen Freizeitanlage mit mehreren Häusern und einem riesigen Außengelände gibt es nicht viel zu erleben. Der Bäcker, gleichzeitig der EDEKA-Markt, hat nur am Vormittag auf und ist von den Räumlichkeiten her so klein, dass nur drei Konfirmanden auf einmal hineinpassen. Dafür läuft auf der Freizeit das große Programm ab. Spiele, Turniere, Spontantheater, Nachtwanderung, Grillen, Wasserschlacht und ein Unterricht, der neudeutsch „erlebnisorientiert" heißt. Auf Hochdeutsch: Er macht Spaß. Inhalt mit Action.

Jeder Tag schließt mit einer Andacht ab. Als Pastor darf ich höchstens die Gitarre spielen; Ablauf, Inhalt und Predigt übernehmen die jugendlichen Teamer. Was die zu sagen haben, machen sie auf eine so lebendige Art und Weise, von der sich so manch altgedienter Pastor eine Scheibe abschneiden könnte. Nur eine einzige Andacht darf ich in der Woche übernehmen. Der Zeitpunkt ist leider nicht im Voraus planbar, denn wir benötigen dazu eine sternklare Nacht im August. Fast immer klappt es.

Die Konfirmanden werden um 22.30 Uhr, wenn sie sich eigentlich „bettfertig" machen sollen, noch einmal aus den Zimmern geholt. Jeder bekommt eine Wolldecke und dann geht es raus in den Garten auf das große Rasenfeld. Jeder sucht sich einen Platz. Decke ausrollen, hinlegen, ruhig sein, nach oben gucken. In den wunderbaren Sommernachtsternenhimmel. Das „ruhig sein" muss ich gar nicht ansagen. Das klappt von selbst, spätestens wenn alle nach ein bis zwei Minuten die erste Sternschnuppe gesehen haben; oder die ersten Satelliten; mit Glück sogar die ISS. Erstaunlich, dass viele Konfis solche Sternenmomente noch nie erlebt haben. Welche Eltern gucken in der Nacht noch mit ihren Kindern die Sterne an?

Dann zeige und erkläre ich die Sternbilder, die man leicht (wieder)erkennen kann: den Großen Wagen, den Kleinen Wagen mit dem Polar- bzw. Nordstern. Das „Himmels-W" Kassiopeia. Akturus, den Bärenhüter. Das Sommerdreieck mit dem imposanten Sternbild Schwan. Den Schwan, der durch die Milchstraße fliegt. Und daneben den zarten Delphin.

Die Konfirmanden sind völlig ruhig. Und erstaunt, wenn ich ihnen etwas von den zeitlichen Dimensionen erzähle. Ein Blick in den Sternenhimmel ist immer auch ein Blick in die Vergangenheit. Das Licht fliegt ja unglaublich schnell. Ca. 300.000 Kilometer in der Sekunde. So ist also unser Mond eine Lichtsekunde von uns entfernt. Die Sonne bereits acht Lichtminuten. Würde man die Sonne per Knopfdruck abschalten können, würden wir sie noch acht Minuten lang sehen können, so wie immer. Dann wäre es dunkel.

Die Sterne sind nicht Lichtminuten, sondern Lichtjahre entfernt. Allein der schöne Polarstern: Das Licht, das – zum Beispiel im Jahr 2018 – in unsere Augen gefallen ist, begab sich vor 430 Jahren auf die Reise. Ich rechne nach. Also 1788 ist das Licht vom Stern aus losgeflogen. 1788: ein Jahr vor der Französischen Revolution. Kant veröffentlicht die *Kritik der praktischen Vernunft.* Herr Knigge macht sich Gedanken *Über den Umgang mit Menschen.* Arthur Schopenhauer wird geboren. Und ich liege heute auf dem Rücken und sehe das Licht aus diesem Jahr. Ein unvorstellbarer Gedanke. Wie heißt es in Psalm 8? „Wenn ich sehe die Himmel, deiner Finger Werk, den Mond und die Sterne, die du bereitet hast: was ist der Mensch, dass du dich seiner annimmst …?"

Doch selbst das Unvorstellbare ist noch zu steigern. Die Sterne, die wir sehen, sind Sonnen. Auch Sonnen haben ein Schicksal. Sie werden größer oder kleiner und irgendwann explodieren sie. Das ganze Sonnenmaterial wird ins Universum geschleudert, prallt mit anderen Teilchen zusammen, und es entstehen wieder neue Sonnen oder Planeten. So entstand auch unsere Erde. Und wir. Aus Sternenstaub. Aus der Asche erloschener, explodierter Sonnen. Es gibt kein Atom auf dieser Erde, das nicht vom Sternenstaub stammt. Es gibt kein Atom in unserem Körper, das nicht von einem verglühten Stern stammt. Kein Kohlenstoffatom, kein Eisenatom, kein Wasserstoffatom hat sich auf der Erde „von sich aus" gebildet. Alles ist importiert worden von „outer space", von draußen, aus dem Weltall. „We are stardust." Wir sind Sternenstaub. „We are golden." Das ist keine Einbildung, das ist so.

Am Ende der Konfirmandenfreizeit dürfen die Konfis einen Feedback-Bogen ausfüllen. Anonym.

Sie machen das mit echtem Eifer und ausgesprochen ehrlich. Wann darf man schon mal seinen Pastor bewerten, die jugendlichen Teamer, das Programm, das Essen und die Betten? Sie werden auch nach den Andachten gefragt. „Kannst du dich an eine Andacht besonders gut erinnern?“ Da wird so manche Teamer-Andacht genannt; und – beinahe von allen – die Sternenandacht.

Der Konfirmand
oder Was die Zukunft bringt

Große Diskussion in der Konfirmandenstunde. Die Konfis sind wie wild am Erzählen. Eine einfache Frage von mir hat ausgereicht. „Demnächst ist eure Konfirmation. Was wollt ihr euch von dem geschenkten Geld kaufen?“ Dann geht es los. Ich habe Mühe, alle Antworten schnell genug auf die Karteikarten aus dem „Moderationskoffer“ (der echte heilige Gral der Christenheit) zu schreiben. Die Wünsche sind ein Spiegelbild unserer Gesellschaft. Ein neues Smartphone, am besten mit einem Apfellogo; Superkopfhörer mit „Noise reduction“; eine Armbanduhr, mit der man reden kann; ein ultraleichtes und megastabiles Mountainbike; die neuesten Basketballschuhe einer angesagten Firma mit der Unterschrift von einem gewissen Dirk N.; eine Spielekonsole der angesagtesten Firma mit der 3D-Brille.

Auch schon zu meiner Konfirmation 1976 waren wir als Jugendliche dem Trend der Zeit vollkommen erlegen. Die Wünsche waren allerdings – zeitbedingt – ganz andere. Ein Tonbandgerät von der Firma Uher. Wer das als Junge besaß, musste sich über eine baldige Freundin keine Gedanken mehr machen. Auf Besitzer von Kassettenrecordern konnten Tonbandfreaks nur milde herabblicken. Andere Geldanlagen waren ebenso musikalisch orientiert. Eine Westerngitarre in Schwarz, genauso wie die von Johnny Cash, oder eine Fender E-Gitarre in Goldlack wie die von Marc Bolan. Weitere Wünsche, die mit dem Konfirmationsgeld erfüllt werden sollten, waren: ein Bonanza-Fahrrad mit Mittelgangschaltung oder ein von hinten beleuchteter Schminkspiegel (das war eher was für Mädchen). Angesagt war auch (bei uns Jungs), das Geld zu sparen für einen Mofaführerschein.

In meiner Konfirmandengruppe sind alle noch munter am Reden. Nur ein Junge fällt mir auf. Während der ganzen Zeit hat er noch nichts gesagt, und er sieht auch so aus, als wolle er gar nichts zu diesem Thema äußern. In der Pause spreche ich ihn an. „Nein", sagt er, „meine Eltern haben gesagt, sie sparen das Geld für mich, damit ich später etwas Vernünftiges kaufe. Das will ich vor den anderen nicht sagen." Der Junge rührt mein Herz, nicht nur, weil er der Kleinste von allen ist (das war ich 1976 auch), sondern weil ich etwas Ähnliches wie er erlebte.

Meine Eltern, vor allem meine Mutter, hatten den Zweck meines Konfirmationsgeldes bereits festgelegt. „Wir kaufen dir einen Schrank, eine Schrankwand. Im Möbelhaus Voss. Der hat eine kleine, schöne Auswahl. Da hast du dein ganzes Leben etwas davon." Ich wusste nicht, was ich sagen sollte. Mit einer Schrankwand in meinem Zimmer war ich bestimmt der Hit bei den Mädchen.

Der Hit am Ende der Charts. Konnte es schlimmer kommen? Es kam schlimmer! Nach der Konfirmation ging meine Mutter mit mir und meinen 600 DM zum Möbelhaus von Jesteburg. Das Mekka der Wandschränke. Der Vorhof zur Hölle. Der Schrank, der meiner Mutter am besten gefiel, war braun furniert. „Der passt hervorragend zu der Ochsenaugentapete in deinem Zimmer. Schau nur: Die vier Elemente kann man später mal trennen, wenn du eine eigene Wohnung hast, wo die Schrankwand nicht zusammenpasst. Wie praktisch. Und ein Barfach ist auch eingebaut, mit Spiegel an der Rückwand und einem Licht, das angeht, wenn du das Fach öffnest, wenn Freunde da sind." Welche Freunde?, dachte ich. Bald wäre ich die Lachnummer im Dorf mit diesem Monsterteil. Nie im Leben würde ich dieses Ungetüm zeigen. Meine Mutter legte das Geld auf den Tisch. Meine Konfirmationskohle war weg. In der nächsten Woche wurde der Schrank geliefert. In meinem Zimmer füllte er eine ganze Wand aus. Ich musste meine Poster von Marc Spitz (sieben Goldmedaillen) und Suzi Quatro (im Lederdress) dafür abhängen. Was sollte bloß in all die Fächer rein? Meine Kleidung lag ja in der Truhe im kleinen Schlafzimmer nebenan. Es war zum Heulen. Und das Barfach war natürlich leer.

Als ich in die Oberstufe des Gymnasiums kam, füllte sich der Schrank zumindest mit meinen Büchern und Heften. Mein Plattenspieler passte zwar auf die Ablage, aber die LPs waren zu breit zum Einstellen.

Dann kam der Tag der Tage. Ich hatte mein Abitur in der Tasche und wollte in Hamburg Theologie studieren. Eine erste kleine Wohnung war gefunden und es fehlte nur noch: ein Schrank. Genauer gesagt, ein Schrankelement aus dem besagten Wandschrank. Ruckzuck gelang der Abbau. Ich nahm den Teil mit dem Barfach mit, um es nun endlich mit flüssigen Leckereien zu füllen. Nach dem Studium kam der Umzug zum Vikariat. Mittlerweile brauchte ich mehr Stauraum. Ach ja, da war ja noch das Konfirmationsungetüm in meinem Jugendzimmer im Elternhaus. Wieder hin zu meinen Eltern, Abbau war gelungen, wieder zwei Schrankelemente waren zu nutzen. So ging das weiter. Von Umzug zu Umzug. Die Wohnungen wurden größer. Das Geld war knapp und irgendwann auch drei Kinder da. Noch mehr Abstellflächen waren erforderlich.

Irgendwann, nach vielen Jahren, war mein ältester Sohn so weit, um zum Studium auszuziehen. Und was hat er wohl als Schrank mitgenommen? Aber das werde ich meiner Mutter gegenüber nie erwähnen. Und dem kleinen Konfirmanden auch nicht. Oder vielleicht doch?

Dagobert
oder Lebensart

Er ist der reichste Mann, Entschuldigung, der reichste Erpel der Welt. Eine wirkliche Berühmtheit. Dagobert Duck aus Entenhausen. Sein Reichtum ist unfassbar. Jeden Morgen beginnt er mit einem Bad in seinem Geldspeicher. Er plantscht in seinen goldenen Talern. Und wenn er sich tagsüber mal erfrischen möchte, benutzt er seine Dusche, aus der ebenfalls Taler auf ihn niederprasseln. Er ist rundum glücklich und zufrieden. Nur eine Sache kann ihn in Wut versetzen: wenn sein bettelarmer Neffe Donald Duck ihn um eine finanzielle Unterstützung bittet. Dann springt er – im wahrsten Sinn des Wortes – unter die Decke. Nicht einen Taler bekommt Donald. Ebenso schreitet Dagobert an jedem Bettler auf der Straße erhobenen Hauptes vorbei. Und sollten einmal mutige Spendensammler zu ihm vordringen, dann verjagt sie der steinreiche Enterich mit seinem Spazierstock.

Zum Glück gibt es einen solchen Typen nur im Comic-Heft. Oder vielleicht auch in der realen Welt? Geiz liegt in unseren Genen. Forscher meinen, das geht auf den Anbeginn der Menschheit zurück. Wenn der Neandertaler mit seiner Familiensippe endlich einmal ein Mammut erlegt hatte, wird er kaum das Filet mit einem fremden Clan geteilt haben. Dasselbe gilt für mühsam gesammelte Flintsteine oder in langer Arbeit gefertigte Steinäxte. Die wurden nicht als freundliche Werbegeschenke an andere verschenkt. Besitz ist Besitz, auf Deutsch: Das gehört mir. Also Finger weg! Das uralte Geiz-Gen ist bis heute bekannt. Sonst hätte eine Elektronikkette nicht den Slogan „Geiz ist geil" erfunden.

In der Geschichte hat es natürlich auch Gegenentwürfe gegeben. Statt geizig und habgierig zu sein, wäre es doch besser, miteinander zu teilen. Berühmt für diese Haltung ist die erste christliche Gemeinde in Jerusalem. Lukas berichtet über sie in der Apostelgeschichte, Kapitel 2: „Alle, die gläubig geworden waren, waren beieinander und hatten alle Dinge gemeinsam. Sie verkauften Güter und Habe und teilten sie aus unter alle, je nachdem es einer nötig hatte." Ein Bibelforscher nannte diese Gesinnung „urchristlichen Liebeskommunismus". Eine bedenkenswerte Formulierung. Doch dieser Gemeingeist hat nicht lange gehalten. Das alte Geiz-Gen kam wieder zum Vorschein, auch bei den Christen. Da musste erst im Mittelalter Franz von Assisi auftauchen, der mit seiner Armutspredigt und der Ethik des Teilens allerdings nicht nur Freunde in der Kirchenleitung fand. Nach seinem Tod kam es deshalb in der Kirche zu Feindschaften zwischen Franziskus-Anhängern und den anderen Christen. Das konnte bis zu Mord und Totschlag führen. In *Der Name der Rose* von Umberto Eco bildet ein solcher Streit den Hintergrund für seinen Roman. Dabei waren sich die Theologen im Mittelalter durchaus über den schädlichen Charakter des Geizes im Klaren. Sie formulierten die sogenannten „sieben Todsünden", welche sind: Hochmut, Geiz, Wollust, Zorn, Völlerei, Neid und Faulheit. Aus diesen Todsünden (heute würde man sagen: negativen Charaktergrundeinstellungen) ergeben sich zwangsläufig alle anderen schädlichen Taten. Die Todsünden-Liste hat allerdings die Menschheit auch nicht grundlegend verändert.

Wenn ich heute Fernsehsendungen schaue, die von bekannten Persönlichkeiten aus aller Welt berichten, habe ich nicht den Eindruck, als sei Geiz ein bestimmendes Thema. Protz wäre wohl eher angesagt. Nicht nur bei Ölscheichs, russischen Oligarchen, deutschen Unternehmensmanagern oder bei Familie Geissen auf RTL II. Da zeigt man, was man hat und was man sich leisten kann, in einer – wie ich finde – unverschämten Weise. Wie wirken solche Berichte auf Menschen, die mit Altersarmut kämpfen oder die mit Hartz IV klarkommen müssen? Aber diese Kombination aus Protz und Geiz ist nicht nur bei Prominenten festzustellen. Wir können sie auch mitten unter uns, bei ganz normalen Menschen beobachten.

Ich erinnere mich gut an ein Traugespräch. Auch wenn es mittlerweile lange zurückliegt, ist es mir doch immer noch präsent. Wahrscheinlich wegen des Knalleffektes, der am Ende herauskam.

Das Brautpaar war im Gespräch locker und gleichzeitig sehr interessiert. Wir sind den Ablauf der Trauung Schritt für Schritt durchgegangen. Sie hatten schon Lieder ausgesucht und fragten, ob ich die moderneren Stücke nicht mit meiner Gitarre begleiten könnte. Auch die Texte aus der Bibel, also Psalm, Evangelium und Trauspruch, hatten sie bereits gefunden. Das erlebe ich nicht bei jedem Brautpaar. Erst recht nicht, dass sie ein Fürbittengebet geschrieben haben. Nicht für sich, sondern für die Familien und Freunde. Sie würden das auch gern selbst vortragen. Selbstverständlich hatten sie auch schon den Kollektenzweck ausgesucht. Das gesammelte Geld sollte bestimmt sein für das „Kinderhospiz Löwenherz". Sie hätten vom Hospiz gelesen und fänden die Arbeit, die da geleistet wird, toll und unterstützenswert. Bei der Einladung zu ihrer kirchlichen Trauung hätten sie das auch auf die Karte drucken lassen. Dann kam das Gespräch zum Abschluss. Ich frage gegen Ende immer gern, wie das Paar denn die anschließende Hochzeitsfeier gestalten möchte. Auch dafür hatten sie bereits Vorkehrungen getroffen.

Sie freuen sich über 80 Zusagen; für die Musik haben sie eine bekannte Skiffle-Band mit sieben Musikern geordert; das Buffet kommt von einem fernsehbekannten Caterer aus Hamburg-Blankenese. Aber das Beste seien doch die Tischkarten. Ich frage nach. Sie beschreiben sie mir mit strahlenden Augen. Jeder bekommt eine gelaserte

Acryltischkarte in Form eines Regenbogens. Darauf ist dann auch der jeweilige Name eingraviert. Wie teuer der Spaß denn sei, frage ich neugierig. 20 Euro pro Stück. Ich rechne im Stillen nach. 20 Euro mal 80 Gäste. Oho, 1600 Euro, du lieber Herr Gesangverein. Etwas schwindelig verlasse ich die beiden dann.

Am Tag der Trauung war auch die Kirche besonders geschmückt. Unzählige rote heliumgefüllte Herzluftballons waren an den Bänken und Säulen angeknotet. Noch ein paar mehr davon, und das Kirchenschiff wäre davongeflogen. Dann ging es los. Das Brautpaar war superschick und der Traugottesdienst lief ab wie geplant. Am Ende erinnerte ich noch einmal an die Kollekte für „Löwenherz" und dann zogen wir aus der Kirche aus. Draußen flogen weiße Tauben und drinnen räumten die Küsterin und ich die Kollektenkästen weg und zählten das gespendete Geld für das Kinderhospiz. 80 Gäste und Brautgaben gaben insgesamt: 7,27 Euro. Das ist weniger als das Geld für nur eine Tischkarte. Was soll man da noch sagen?

Was hätte Jesus dazu gesagt? Fast jedem ist ja sein Gebot bekannt, mit dem er alle anderen Gebote und Gesetze zusammengefasst hat: „Du sollst Gott lieben und deinen Nächsten wie dich selbst." Bei Predigten wird immer gern auf den ersten Teil des Gebotes verwiesen: Gott lieben und den Nächsten. Aber den kleinen Schlussteil hat Jesus ebenfalls mit Absicht gesagt: lieben wie dich selbst!

Selbstliebe vergessen wir oft. Wir dürfen auch in religiöser Hinsicht an uns selbst denken und es uns auch gutgehen lassen. Aber wenn das so weit geht, dass wir an den Notleidenden vorbeistolzieren wie Dagobert an seinem Neffen Donald, dann sollten wir nicht nur ein stilles schlechtes Gewissen haben, sondern über eine Änderung unserer Haltung nachdenken. Das Geiz-Gen in uns bleibt, aber es muss uns nicht leiten. Um es mit Joachim Ringelnatz zu sagen: „Sich selbst verschläft und sich selbst verfrisst, wer aus Geiz das Leben vergisst." Wenn das Dagobert gewusst hätte …

Früher
oder Blick in den Spiegel

Straßenfest im Oberharz. Obwohl meine Frau und ich schon seit Jahren in Buxtehude leben, fühlen wir uns unserer „alten Heimat“ in Clausthal-Zellerfeld immer noch verbunden. Wir freuen uns, frühere Freunde und Nachbarn wiederzusehen. Also packen wir am Samstagmorgen Gepäck und Hund für einen Ausflug ins Auto und fahren los. Laut Navigationsgerät dauert die Fahrt zweieinhalb Stunden. Allerdings geht es dabei über die Nervenbahn mit Namen A 7. Diese Autobahn ist mehr eine Haltebahn. Baustellen ohne Ende und Staus hinter jeder Kurve. Manche Leitplanken kenne ich schon mit Namen. Doch an diesem Samstag haben wir Glück: Nach drei Stunden sind wir am Ziel.

Das Straßenfest ist ein tolles Erlebnis mit Gesprächen, Bratwurst, Nackensteaks und alkoholfreiem Bier. Ich hole die Gitarre raus und ein Spontankonzert geht ab mit Liedern von Cat Stevens bis Albert Hammond. Die Zeit vergeht wie im Flug. Um 22 Uhr beschließen meine Frau und ich, nach Buxtehude zurückzufahren. Schließlich habe ich am kommenden Morgen um zehn Uhr einen Gottesdienst und danach noch eine Taufe. Die nächtliche A 7 hat freundlicherweise nur eine Baustelle, die aber mit zehn Kilometern Länge. Doch das

Autoradio mit einem Bericht über „Neue Erfahrungen mit der Zwölftonmusik" im Deutschlandfunk vertreibt die Langeweile. Endlich zu Hause angekommen, sind wir um zwei Uhr morgens im Bett.

Um sieben Uhr klingelt der Wecker. Ich wache auf und muss mich erst einmal besinnen, wo ich bin, wer ich bin, was für ein Tag heute ist und was ich tun muss. Auf Deutsch gesagt: Mein Computer im Gehirn muss zunächst hochfahren. Ich fühle mich total erschöpft und kaputt. Beim Zähneputzen gucke ich in den Spiegel und versuche, mich mit den Augenringen zu erkennen. „Früher war alles anders. Früher war ich besser drauf!", denke ich und habe Recht. Vor 20 Jahren (da war ich 37 Jahre alt) hätte ich vielleicht sogar um zwei Uhr noch weitergefeiert. Den Gottesdienst danach hätte ich auch ohne Schlaf hinbekommen.

Aber heute? Ich muss es zugeben: Kraft und Kondition der Jugend sind nicht mehr da. Auch der frühere Waschbrettbauch ist auf der Strecke geblieben. Ich esse zwar gesund und trinke Alkoholisches nur in Maßen: Aber da, wo einst ein „Sixpack-Bauch" war, ist mittlerweile ein kleines Fässchen zu sehen. Ich finde es nicht schlimm. Meine Frau zum Glück auch nicht. Aber er ist ein weiteres Zeichen für meine altersbedingten Veränderungen. „Altersbedingt": Allein das Wort hört sich schon seltsam an. Dass ich es nun aber in Bezug auf mich ausspreche und anerkenne, berührt mich doch seltsam. Ich werde älter, jeden Tag ein Stückchen mehr. Ich fühle es an meiner Belastungsfähigkeit und ich sehe es an meinem Äußeren. Die volle Haarpracht ist schon lange vergangen. Früher Fassonschnitt, heute Neuner-Scherkopf. Früher strahlend echte Zähne, heute strahlend falsche Kronen. Als ich einen Backenzahn überkronen lassen wollte, sagte mein Zahnarzt: „An Ihrer Stelle würde ich ihn ziehen lassen; eine Krone lohnt sich bei Ihnen nicht mehr!" Zwar bemerkte er sogleich die Tiefgründigkeit seiner Äußerung, die einer seelischen Zahnwurzelbehandlung ohne Betäubung ähnelte, und entschuldigte sich lächelnd. Ich lächelte zurück, aber nur äußerlich. Der Satz hatte gesessen, sodass ich ihn nicht vergessen habe. Beim Tanzen mit meiner Frau merke ich spätestens nach dem dritten Discofox, dass ich einmal eine Pause brauche, um wieder zu Atem zu kommen. Und bei einer Feier reichen (wenn ich nicht Auto fahre) ein Glas Sekt zur Begrüßung und ein Glas Wein zum Essen, um zu merken: Mehr Alkoholisches trinke ich heute nicht mehr. Früher waren deutlich größere Mengen für mich verträglich. Aber man soll ja mit Alkohol auch vorsichtig sein.

Überhaupt nehme ich immer mehr die Tipps zur Gesundheit wahr. Noch vor zehn Jahren waren Artikel über Ernährung, Bewegung und „Fit sein im Alter" für mich total uninteressant. Nun lese ich sie und esse brav zu jedem Frühstück einen Apfel. Nur um einen täglichen Löffel pures Olivenöl, Teebaumöl und Ahornsirup mache ich einen großen Bogen. Noch. Noch? Meine Frau macht schon seit Monaten Fitness-Übungen in einem modernen Studio unter ärztlicher Kontrolle. „Komm doch mal mit", sagt sie. „Da sind auch Männer um die 80 Jahre, die sind total in Form." Ob meine Frau mit meinem Zahnarzt gesprochen hat?

Neulich habe ich bei einem Geburtstagsbesuch einen rüstigen Rentner kennengelernt. Er ist 75 Jahre alt geworden, fährt immer noch auf dem Fahrrad zum Einkaufen, zum Urlaub geht es auf Wanderungen in die Berge. Kreuzfahrten kommen für ihn nicht in Betracht, denn „da sitzt man ja nur rum. Dafür fühle ich mich zu jung." Zum Schluss unseres Gespräches wird er aber auf einmal ganz ernst. „Wenn ich jemals einen Krückstock brauche, dann will ich nicht mehr leben!" „Wieso das denn?", frage ich erschrocken zurück. „Dann macht das Leben doch keinen Sinn mehr. Dann kann ich nicht mehr wandern. Dann bin ich so ein alter Humpel, der im Supermarkt im Gang herumsteht und die anderen aufhält. Das will ich nicht!" Seine Äußerungen habe ich mir gut gemerkt und lange darüber nachgedacht. Welches Bild vom Altsein hat er wohl? Und welches habe ich?

Wir sind abhängig von dem, was uns die Gesellschaft präsentiert. Ich schaue mir immer schon gern die Werbung im Fernsehen an. In der Tat: die Werbehauptpersonen sind in den letzten Jahren immer älter geworden. Alle so um die 70 Jahre, mit vollen grauen oder weißen Haaren, ausgerüstet mit der „Kraft der zwei Herzen". Der Enkel findet die Oma wieder „voll cool", seitdem sie eine besondere Schmerzsalbe auf ihr Knie macht und sofort wieder mit dem Kleinen Fußball spielen kann. Und dank der Harndrangverminderungstabletten fühlt sich der Senior im Bett „wieder 20 Jahre jünger". „Und mit der Liebe geht es auch wieder besser", flüstert er am Ende in die Kamera. So sind sie, die Rentner und Rentnerinnen in der Werbung von heute. Oder: So sollen sie sein: total fit, total gut drauf, total aktiv. Immer auf Achse: ob Donauschifffahrt oder Dresdentour, *Aida* in Verona oder Paella in Spanien. Wer denkt schon daran, dass bei diesem Seniorenbild das Renteneinkommen bzw. das Vermögen eine erhebliche Rolle spielt? Wie viele Ältere kenne ich in meiner Kirchengemeinde, die sich bei solchen Werbebildern als defizitär und abgehängt vorkommen. Altersarmut (!) ist nicht nur ein Wort, sondern eine Realität, die wir genauso gern verdrängen – auch die Jüngeren – wie den Pflegenotstand in unserem Land. Wer wird dich einmal pflegen, und wo und wie, und wer soll das bezahlen? Unangenehme Gedanken! Lieber an was Schönes denken! Verdrängung light. Prost.

Ich denke in letzter Zeit – vielleicht ebenfalls altersbedingt – an meine Kindheit. Meine Großeltern, mit denen ich in einem Haus mit meinen Eltern aufgewachsen bin, waren – solange ich denken kann – alt. Sie waren wirklich alt. Sie waren gern alt. Ich habe sie nie über ihr Altsein und ihre Alterseinschränkungen klagen hören. Oma mit schneeweißen Haaren machte Küche und Haushalt selbst, wenn auch langsamer. „Früher ging alles schneller", sagte sie. „Aber jetzt ist es gemütlicher." Sprach's und trank ihren Kaffee direkt aus der Tülle der Kanne. Mein Großvater las den ganzen Vormittag die Zeitung und bastelte an irgendwelchen Dingen, die im Haus zu reparieren waren. Dabei ging er immer mit Stock. Ich kannte ihn nicht anders. Auch seine Nachbarn und Freunde hatten einen Stock. Aber keiner sah deshalb wie ein Selbstmordgefährdeter aus. Ganz im Gegenteil. Wenn ich von der Schule kam und die „Stockparade" sah (an die Kredenz im Flur hängten alle seine Kumpels beim Besuch ihre Gehstöcke), dann wusste ich schon, was mich in der Küche erwartete. Drei bis vier alte Männer bei Beck's Bier und Köm sowie den obligatorischen Zigarren „Hamburger Stumpen". Die Luft war blau und zum Schneiden, aber die Stimmung war klasse. „Irgendwann bin ich auch mal alt und kann so was machen", dachte ich. Vorfreude auf das Alter in der Kinderzeit. Schaffe ich das heute noch?

Wenn ich an meinen Großvater und die Erinnerungen aus meiner Kindheit denke: Ich möchte vom Alter gern etwas haben und das Altsein genießen. Gern auch mit Stock, denn Opas Stock habe ich bei mir im Keller aufgehoben. Zigarren lasse ich lieber weg, aber das Zusammensein mit ebenfalls alt gewordenen Freunden, ob mit oder ohne Becks-Bier, möchte ich genießen. Insofern kann ich wirklich sagen: Ich freue mich auf mein Leben im Alter. Auf ein Schiff in die Südsee zieht es mich nicht, wohl aber auf einen wochenlangen, ganz einfachen Urlaub in italienischen oder französischen Landen. Ein gemietetes Ferienhäuschen in der Provence oder in der Toscana bei Brot, Käse und Landwein. Und dann wieder daheim sein in einer schönen kleinen Wohnung in Buxtehude mit einer gut ausgerüsteten Küche und dem Wochenmarkt vor der Haustür. Hallo Alter! Ich komme!

Burgunder und Oliven

oder Lieber etwas Schmissiges

Der Mann, der mich anrief, sprach mit dem typischen Hamburger Dialekt, der ja über jeden „spitzen Stein“ stolpert. Ob ich ihn nicht mal zu einem seelsorgerlichen Gespräch besuchen könne. Am besten abends, da sei er am besten drauf. So ging ich durch die Altstadt von Buxtehude und klingelte an seinem Haus. Eine Frau, die sich als seine Ehefrau vorstellte, öffnete und bat mich, zu ihrem Mann nach oben zu gehen. Dort saß er: ein Herr, ca. 70 Jahre, Leinenhemd, weiße krause Haare, über den Knien eine Wolldecke. Er saß in einem dieser teuren Fernsehstühle, die man mit Fernbedienung in alle möglichen Positionen fahren kann, Purzelbaum inklusive.

„Ich habe für uns einen Burgunder Chablis Grand Cru von Fèvre ausgesucht. Mögen Sie den?“ „Ja“, sagte ich, auch wenn solche teuren Tropfen selten bei mir zu finden sind. „Und wären Sie so freundlich und holen die Schale mit den grünen Oliven aus dem Kühlschrank.“ Während ich in der Küche suchte, goss er uns ein und sagte: „Prosit. Auf Deutsch: Es nütze.“

Er kam ohne Umschweife auf den Punkt. „Ich lebe nicht mehr lange. Mein Körper ist so voller Metastasen, da macht eine OP keinen Sinn mehr.

Ich habe entschieden, zu Hause zu sterben. Außerdem sind meine Weine besser." Und dann steckte er sich eine Olive in den Mund. „Und nun, Herr Pastor, kommen Sie ins Spiel. Ich möchte mit Ihnen meine Trauerfeier planen."

Zugegeben: Eine solche Situation hatte ich noch nicht erlebt. Jemand möchte seine eigene Trauerfeier im Gespräch mit mir vorausplanen. Die Gestaltungswünsche hatte der Mann wohl schon lange durchdacht, jedenfalls konnte er sie an einem Stück runtererzählen. „Also: keinen rührseligen Ton, keinen Lebenslauf von mir; und alles lieber kürzer als länger. Keine schwarze Trauerbekleidung. Und als Lieder bitte keine Beerdigungsbrummer, sondern etwas Schmissiges. ‚Geh aus mein Herz', zum Beispiel. Und dann noch eine delikate Bitte. Ich liebe Akkordeonmusik. Kann man das organisieren? Als Vorspiel *Biscaya* von James Last und zum Ende die *Dr.-Schiwago*-Melodie? Wenn das nicht geht, dann Trompete. Aber wehe, da wird *Der gute Kamerad* geblasen! Dann stehe ich wieder auf!" „Okay", sagte ich und versuchte, mit den Notizen hinterherzukommen.

Seine Ehefrau kam derweil aus dem Keller nach oben zu uns, schnappte sich ein Glas Wein und setzte sich dazu. „Ganz ehrlich", sagte ich, „ich wundere mich, wie offen Sie mit so einem schweren Ereignis wie dem eigenen Tod umgehen können." „Wieso", fragte er fast blaffend zurück. „Steht etwa in der Bibel, dass man traurig sterben muss?

Ich nicht. Ich habe mein Leben gelebt. Familie und Freunde werden bei meiner Frau stehen und zu ihr halten; alles ist geregelt." Mir fiel die Geschichte aus der Bibel von Abraham ein. Am Ende starb er „alt und lebenssatt". „Außerdem", sagte der Mann, habe ich mal bei Hanns Dieter Hüsch gelesen, er wolle nach seiner Trauerfeier für alle Bier und Bouletten reichen lassen anstatt Kaffee und trockenen Butterkuchen. Super Idee, oder?" Dazu fiel mir Hüschs Psalm ein: „Ich bin vergnügt, erlöst, befreit; Gott nahm in seine Hände meine Zeit …" Die Ehefrau sagte sogleich, dass sie diesen Psalm auch sehr gern möge und ihn sich in der Trauerfeier wünsche. Wir prosteten uns noch einmal zu und dann bestellte ich mir ein Taxi für die Rückfahrt.

Fast ein Jahr später ist der Mann gestorben. Die Trauerfeier verlief so, wie er es sich gewünscht hatte. Mit vielen lächelnden Gesichtern in der Trauergemeinde, nicht nur bei James Last und *Dr. Schiwago* mit Akkordeon.

Nur am Ende, als wir vom Friedhof in das Trauercafé kamen, gab es weder Brot noch Bouletten noch Butterkuchen. Es gab Burgunder mit Oliven.

Hingefallen
oder Auferstanden

Was für ein Tag! Um zehn Uhr ein Geburtstagsbesuch mit leckeren Leberwurstbrötchen (nur für mich; alle in der Gemeinde wissen, ich mag keine Torten), dann ein Besuch zur Goldenen Hochzeit (Lachsschnittchen), dann zurück nach Hause. Der Konfirmandentag stand an von 16 Uhr bis 21 Uhr. In einem Pappkarton schleppte ich die kopierten Unterrichtsmaterialien zur Kirche. Dann ging es los. Ich bewundere, dass Jugendliche nach einer stressigen Woche in der Schule immer noch gern in den Konfirmationsunterricht gehen. Es liegt vielleicht auch daran, dass wir mit Spielen, Liedern und einem Abendbuffet etwas Abwechslung hinkriegen.

Um 21 Uhr war alles geschafft. Die Konfis wurden abgeholt, die Räume waren wieder einigermaßen sauber. Ich räumte den Rest der Materialien in meine Pappkiste und ging zurück. Ich überquerte eine Straße, ein Auto fuhr mit hoher Geschwindigkeit an mir vorbei, und dann lag ich auf der Nase. Im wahrsten Sinne des Wortes. Ich bin gestolpert, hingefallen, mit dem Karton in der Hand, und landete mit dem Gesicht auf dem Gehsteig. Ich rappelte mich auf, meine Brille lag kaputt vor mir. Ich steckte sie ein. Aber der Schweiß, den ich fühlte, war nach dem Abwischen auf meiner Hand rot. Blutrot. Ich wankte nach Hause. Im Badezimmer holte ich mir ein Handtuch, um es vor mein Gesicht zu halten. Erst jetzt merkte ich, dass eine meiner Kronen im Gebiss nicht mehr da war. Ich versuchte telefonisch, meine Frau zu erreichen. Doch – wie das immer so passiert – sie hatte ihr Handy nicht angeschaltet. Ich fühlte mich zusehends unwohl und fiel ins Bett.

Wie in Trance nahm ich wahr, dass meine Frau da war. Und dann wurde ich freundlich angestupst von zwei Männern vom Rettungsdienst. 112 – gebührenfrei! Meine Frau hatte erkannt, dass ich nicht wirklich gut aussah. So fuhr ich also zum ersten Mal mit dem Rettungstaxi in die Notaufnahme. Kurz vor Mitternacht. Der Arzt wollte mich gleich für eine Woche einweisen, aber ich – wohl unter Schock – wollte nur nach Hause. Meine Entscheidung musste ich unterschreiben, um am nächsten Tag wieder vorstellig zu werden. Befund: nichts gebrochen, Gehirnerschütterung, Unterkiefer von innen aufgebissen, Krone verloren. Nun traute ich mich, in den Spiegel zu schauen. Ein fürchterlicher Anblick. Selbst Frankenstein hatte mehr Charme im Gesicht. Vier Wochen als Krankschreibung machten es auch nicht besser. Essen und Trinken waren nur mit dem Strohhalm möglich. Derartig niedergeschlagen war ich noch niemals gewesen. Allein meine Frau brachte mir eine gute Nachricht: „Deine Tochter kommt noch heute. Ich habe ihr von dem Unfall erzählt, und sie bleibt die Woche hier." Ich hätte mich lieber unter einem blicksicheren Integralhelm versteckt, als mich so vor ihr zu zeigen. Aber als sie zur Haustür eintrat, nahm sie mich in den Arm und sagte: „Ach, Paps, sieht gar nicht so schlimm aus. Das wird schon wieder!"

Die nächsten Tage waren eine Plage für die Nachbarn. Da ich nicht Auto fahren konnte, mussten sie mit mir und meinem Aussehen zu allen möglichen Ärzten fahren. Der Zahnarzt bastelte eine neue Krone ein und reparierte die kaputte Unterlippe. Beim HNO-Arzt war die Sache deutlich anders. Es war für mich wie ein Besuch bei einem Scharfrichter, der mich noch einmal vom Schafott runterklettern lässt. „Wissen Sie was? Wenn dort auch nur ein kleiner Stein gelegen hätte, als Sie mit dem Kopf voran hingefallen sind, dann wären Sie jetzt ein Fall für die Pathologie! Ein solcher Sturz reicht. Sie wären eigentlich tot!" Ich hörte es und sagte nichts.

Wieder daheim sprach ich mit meiner Tochter. Sie war damals Studentin der Psychologie. Aber vor allem war sie doch meine Tochter, die mich liebhat. Als ich sie fragte, warum mir so ein Unfall passieren musste, fragte sie prompt zurück: „Frage doch nicht: *warum?* Frage dich: *wozu?*" Eine Tochter kann ihren Vater auch überraschen. Die Frage „warum?" ist immer rückwärtsgewandt. Und die Vergangenheit kann man nicht verändern. Vielleicht kann man sie verstehen und daraus lernen.

Aber die Vergangenheit zu verändern ist unmöglich. Die Frage „wozu?" dagegen ist in die Zukunft gerichtet. Es ist nun mal passiert, aber welche Konsequenzen ziehe ich daraus? Darüber sprach ich die nächsten Tage mit meiner Tochter (übrigens auch mit meiner Frau und meinem Hund, wobei dieser sehr schweigsam war). Ich erkannte, dass ich zu schnell lebte, immer alles möglichst gleich erledigen wollte, mich selbst dabei überholte. Eben bis zu dem Moment, als ich auf der Schnauze lag. Anderen predige ich am Sonntag von der Kanzel: Denke immer auch an dich. Nur ich selbst habe mir meine Predigt nie zu Herzen genommen. Ich hatte für mich keine Zeit.

Nach einer Woche waren – vielleicht dank aller Gespräche – auch die körperlichen Blessuren so weit abgeklungen, dass ich mich wieder vor die Haustür wagte. Die liebevollen Nachbarn gaben mir die tägliche Rückmeldung, dass ich wieder ganz manierlich aussehen würde. Nun bin ich wieder in Form, auch die neue Krone sitzt perfekt. Und ich habe gelernt. Die Worte des Arztes „Sie hätten da auch tot sein können" werde ich niemals vergessen. Mein Leben *vor* dem Tod zu gestalten, sieht jetzt anders aus.

Zufrieden

oder Hier und jetzt

Ein Auto fährt auf meine Auffahrt. Von meinem Schreibtisch aus kann ich es nicht sehen, aber hören. Was für ein satter, tiefer, brummender Sound! Ich gehe zum Fenster und sehe einen strahlend blauen Porsche Targa Cabrio. Als Fahrer erkenne ich Thomas, meinen Nachbarn, mit Sonnenbrille und strahlender Miene. Er winkt mir zu. Ich gehe zu ihm und bestaune den Wagen. Thomas ist Tischlermeister und führt mit Erfolg seit Jahren den großen Betrieb, den er von seinem Vater übernommen hat. „Das Auto muss ich doch gleich mal meinem Pastor zeigen", sagt er. „Kommst du mit? Wir drehen eine Runde."

Ich steige ein, d. h. ich lasse mich hineinfallen. Dass man einen Wagen derart tieflegen kann, war mir nicht bewusst. Ich habe das Gefühl, ich würde mit meinem Allerwertesten nur noch Millimeter über der Straße sitzen. Umgeben bin ich von lauter Elektronik. Thomas wirft den Wagen an. Zum Motorgeräusch kommt nun noch eine sanfte Vibration. Dann fahren wir los. Auf der nahen Bundesstraße zeigt mir Thomas, was Beschleunigung bedeutet. Er drückt etwas mehr aufs Gaspedal und der Wagen stürzt nach vorn. Ich habe den Eindruck, ich werde in den Sitz gepresst wie ein Astronaut beim Raketenstart. Es ist unglaublich. Erstaunlich. Beeindruckend. Am Ende sind wir wieder vor meinem Pfarrhaus. Ich versuche, aus dem Targa auszusteigen, was bei der Tiefe allerdings eher einer gymnastischen Übung gleichkommt. Thomas strahlt. „Das war immer schon mein Traum. Einmal einen eigenen Porsche Targa besitzen. Bereits als Kind hatte ich diesen Wunsch – und ein entsprechendes Matchbox-Auto." Ich beglückwünsche ihn. Wirklich: ein tolles Spielzeug.

Viel bequemer beim Ein- und Aussteigen ist dagegen der Mercedes S-Klasse von Horst. Es ist ein absolutes Flaggschiff von Daimler. Ledersitze, natürlich handgenäht. Ebenfalls Lederverkleidung an allen Armaturen. Die Stereoanlage im Wagen könnte auch in der Elbphilharmonie eingesetzt werden. Gedimmtes Licht. Die Anzeigen finden sich in einem Display, das wohl aus dem Raumschiff Enterprise stammt. Der Wagen fährt absolut leise und ist so gefedert, dass keine Unebenheit mehr zu spüren ist. Mit Horst bin ich zu seinen Kindern nach Rodgau gefahren. Vier Stunden Fahrt – und keine Müdigkeit oder Verspanntheit war in meinem Körper zu fühlen. Dieser Wagen fährt nicht, er schwebt. Ein fliegender, dick gepolsterter Teppich wie aus Tausendundeiner Nacht. Bezaubernd. Vorzüglich. Einfach nur schön.

Gegenüber Thomas und Horst empfinde ich keinen Sozialneid. Ich freue mich mit ihnen, wenn sie sich über ihren Porsche und Mercedes freuen können wie Kinder. Es ist wirklich echte Freude. Sie empfinden beim Fahren Glück und nicht simplen Stolz. Keiner von ihnen denkt: „Guckt nur, ihr anderen, was ich mir leisten kann!" Sie sind einfach nur „happy".

Ich bin auch „happy" mit meinem gebrauchten VW Golf Variant. Rot mit leichten Gebrauchsspuren (auf Deutsch: Dellen) am Heck und an der rechten Tür. Ein Auto ist für mich ein Gebrauchsgegenstand. Ein Beförderungsmittel, um von A nach B zu kommen. Alles, was zählt, ist das große Heck, damit mein Golden Retriever reinpasst. Ebenfalls achte ich darauf, dass der Spritverbrauch nicht zu hoch ist. Natürlich ist mir bewusst, dass Autofahren nicht gerade die ökologischste Variante der Mobilität ist, aber ich brauche nun mal einen Wagen. PS-Leistung und technische Spielereien sind mir nicht wichtig, abgesehen vom Autoradio. Also: alles schlicht und einfach und funktionierend. Damit bin ich zufrieden. Denn das ist der Luxus, den ich mir gönne: Zufriedenheit.

Was bedeutet eigentlich „zufrieden sein"? Bei *Wikipedia* lese ich folgende Definition: „Zufriedenheit bedeutet, innerlich ausgeglichen zu sein und nichts anderes zu verlangen, als man hat, oder mit den gegebenen Verhältnissen, Leistungen oder Ähnlichem einverstanden zu sein, nichts auszusetzen zu haben." So weit, so gut. Doch spannender als das Internet sind Menschen um mich herum. So habe ich also bei Freunden und Bekannten ein

Spontaninterview gewagt, indem ich sie unangemeldet fragte: „Stelle dir vor, ein Mensch würde ein deutsches Wort nicht kennen. Wie würdest du es ihm erklären oder beschreiben? Das Wort heißt: Zufriedenheit."

Eine Auswahl der Antworten: Erfüllung von Erwartungen, die ich hatte; wenn ideelle oder materielle Wünsche sich erfüllen; wenn ich Ziele erreiche, die ich mir selbst gesteckt habe; wenn ich mich gesund fühle bzw. noch so fit bin, um vieles selbst machen zu können; eine vernünftige Wohnung haben; wenn das Einkommen stimmt und mir reicht; wenn ich mit vielen Menschen klarkomme; wenn ich mich mit Gesprächspartnern gut austauschen kann; wenn ich im Einklang mit meiner Partnerin bin; wenn ich mit meinem Umfeld einverstanden bin; wenn ich mich wohlfühle; wenn ich mich zu Hause fühle und eine leibliche und geistige Wohnstube habe.

Ich war erstaunt über die Vielzahl der verschiedenen Aspekte bei der Definition. Was würden Sie sagen, wenn ich Sie fragen würde?

Meine Antwort lautet: Zufriedenheit ist für mich der Zustand, wenn ich mich in mir und meinem Umfeld (Haus, Familie, Freunde, Umgebung) wohlfühle. Mich wohlfühlen heißt dabei: Hier bin ich gern; hier bin ich ich selbst und darf mein Leben genießen.

Kürzertreten
oder Nach vorn gehen

Ich stehe vor dem Spiegel im Bad. Es ist vier Uhr morgens. Ich bin hellwach. Meinem Spiegelbild sage ich nach einem tiefen Seufzer: „Es geht nicht mehr. Ich kann nicht mehr."

Seit mehr als 30 Jahren arbeite ich im Dienst der Kirche. Angefangen als Vikar, dann als Pastor, Studentenpfarrer, Lehrbeauftragter, Studiendirektor und nun wieder als Pastor in Buxtehude. In der Zeit wurden meine drei Kinder geboren und wuchsen auf; mit Schule und Zahnspangen, mit Pubertät und Führerschein. Und immer dabei: der Beruf als Pastor. Taufen, Trauungen, Beerdigungen, Geburtstage, Jubiläen, Gottesdienste, Andachten. Nebenbei noch mein kulturelles Interesse an Kabarett, Bücherschreiben und … Kochen. Letzteres ist mein Herzenshobby.

In den letzten zwei Jahren ist aber irgendetwas in mir passiert. Ich habe es lange nicht bemerkt. Es erinnert mich an die Zeit, in der ich beim Lesen immer – auch am Tage – Licht anmachte oder zum Fenster ging. Als ich realisierte, dass meine Arme nicht länger werden, um gut lesen zu können, musste ich feststellen: „Ich brauche eine Brille." Also: nichts wie hin zum Optiker. Lesebrille. Basta. Doch nun ist es etwas anderes. Etwas, was tiefer in mir ist und was nicht mit einer Brille oder Zahnprothese verbessert werden kann. Es ist ein Zustand in mir eingetreten, den ich nicht mehr tragen kann. Eine Lage in mir, die ich nicht mehr ertragen kann. Früher machte mir eine 60-Stunden-Woche im Beruf nichts aus. Ich erinnere mich an Feiern, die bis in den frühen Morgen gingen. Danach habe ich locker noch den Sonntagsgottesdienst gewuppt. Heute geht nichts mehr „mit links", auch nicht „mit links und mit rechts". Ich bin erschöpft. Tiefenerschöpft. Das Verrückte dabei ist: Wenn ich richtig müde zu Bett gehe, dann schreit mein Körper förmlich nach Schlaf, aber mein Kopf ist noch wach. Ich liege dann im Dunkeln und bedenke den vergangenen Tag. Habe ich was vergessen? Hätte ich nicht noch jemanden anrufen müssen? Habe ich alle Mails beantwortet? Irgendwann schlafe ich ein. Um vier Uhr wache ich wieder auf. Nach dreieinhalb Stunden Schlaf bzw. Halbschlaf. Die Festplatte in meinem Gehirn springt sofort an. Was habe ich heute alles zu tun? Die Frage zu dieser Uhrzeit ist natürlich doof und überflüssig, aber ich bekomme sie nicht aus dem Kopf. Die Denkmurmel rotiert. Ich stehe auf und gehe ins Bad. Ich stehe vor dem Spiegel und sage es endlich mir selbst: „Es geht nicht mehr. Ich kann nicht mehr."

Am Morgen beim Frühstück erzähle ich es meiner Frau. Sie nimmt mich in den Arm. Sie sagt, dass sie es schon lange Zeit bemerkt hat. Mit meiner Fähigkeit zur Schauspielerei, mit gutem Essen und gutem Wein habe ich es seit Monaten zu überspielen versucht. Sie sagt, egal, was ich machen möchte, sie trägt es mit.

Ich verabrede mich mit meinem Kollegen. Er wählt fast dieselben Worte wie meine Frau. „Mach was für dich! Wenn du hier zusammenbrichst, müsste ich auch alles allein stemmen; aber besser ist doch, wenn du nicht tot neben dem Schreibtisch liegst, weil dein Herz nicht mehr mitmacht."

So beantrage ich also eine Kur. Nie hätte ich zuvor gedacht, dass ich so etwas einmal machen würde. Ich erinnere mich an einen älteren Pastor, der mir vor Jahren von einer Reha-Maßnahme erzählte. Die psychosomatische Klinik sei im Schwarzwald und wirklich sehr gut. Ich rufe dort an und lasse mir einen Prospekt zuschicken. Ebenfalls informiere ich meine dienstlichen Vorgesetzten, telefoniere mit der Beihilfe und der Krankenkasse. Alles an einem Tag. Alle sagen zu. Es ist für mich erstaunlich, wie schnell manchmal die richtigen Dinge passieren. Vier Wochen später bin ich auf dem Weg zur Kur.

Dort angekommen, werde ich zunächst von Kopf bis Fuß durchgemustert. Fitness und Kondition, Schulnote: mangelhaft! Ich bekomme ein komplettes Konditionsprogramm verschrieben: Aqua-Fitness (mit Poolnudel!), Nordic Walking (Stockentenalarm!), Gymnastik (mit Schweißband) und Autogenes Training (endlich mal sitzen!). Dazu kommt Lehrküchenschulung für salzarmes Kochen (Blutdruck!) und Vortragsabende zur Lebensgestaltung („Es ist nie zu spät, eine gute Kindheit gehabt zu haben!").

Am wichtigsten sind mir allerdings die täglichen Gesprächsrunden. Einzelgespräche mit einer Psychologin, ohne Couch, aber mit sehr viel Einfühlungsvermögen. Gemeinsam blicken wir auf einen „normalen" Arbeitstag bei mir; auf Gründe, die zu den Schlafstörungen führen könnten. Fragen werden mir gestellt, die ich noch nie gehört bzw. beantwortet habe: „Sind Sie ein Mutter-Teresa-Typ? Einer, der immer helfen möchte?" „Können Sie ‚Nein' sagen und wenn nicht, warum nicht?" „Wann waren Sie zum letzten Mal so richtig wütend und haben es auch gezeigt?"

Neben den Einzelgesprächen gibt es auch Gruppenmeetings. Hier leitet eine Ärztin die Diskussion. Jede(r) erzählt von seinen Erfahrungen, die aus unterschiedlichsten Berufen und Erfahrungen herrühren. Da ist Tobias, ein Feldwebel, der mehrere Afghanistan-Einsätze hinter sich hat, zuständig u. a. für den Transport getöteter Soldaten nach Deutschland. Susanne ist Polizeibeamtin, die über den Schichtdienst ihren Ehemann verloren hat. Claudia ist Architektin, Nachfolgerin in der Firma ihres berühmten Vaters, enorm unter Druck, es genauso gut zu machen wie er. Louise ist auch dabei. Sie ist Rentnerin und fährt mit über 70 Jahren immer noch Taxi, weil sonst die Rente nicht reicht. Schließlich versorgt sie auch noch ihre demente Mutter, weil ihre Geschwister sich nicht um sie kümmern wollen. So sitzen wir fast täglich zusammen. Jeder in anderen Tätigkeiten und doch mit demselben Fazit: Erschöpfung. Früher sagte man gern „Burnout“ zu diesem Zustand. Heute sagt man es nicht mehr, weil das Bild falsche Assoziationen erzeugt. Wenn ein Haus einmal abgebrannt ist, bleibt nichts mehr. Ein „ausgebrannter“ Mensch ist aber immer noch da; es kann kein völliger Neubau gemacht werden. Bei „Erschöpfung“ ist mehr Spielraum gegeben. Wer erschöpft ist, macht eben eine Pause, um dann zu planen, wie es weitergeht.

Wie geht es aber weiter? Viele sagen: „Nach der Kur ist vor der Kur.“ Ähnlich wie beim berühmten Jojo-Effekt bei Diäten. Kaum hat man die Kur hinter sich und neue Verhaltensweisen erlernt oder erprobt, fällt man wieder in den alten Trott. Der Teufelskreis beginnt von vorn. Damit mir das nicht passiert, habe ich noch auf der Kur einen Entschluss gefasst. Wenn ich zurück bin, kehre ich nicht in den alten Alltag zurück, sondern ändere mein (Berufs)Leben radikal. Von einer 100-Prozent-Pastorenstelle gehe ich auf eine 50-Prozent-Stelle. Ich werde Halbpfaffe. Das bedeutet allerlei: Abschied von der Gemeinde, in der ich acht Jahre tätig war; Auszug aus dem Pfarrhaus; eine neue, halbe Stelle suchen und zugleich eine neue Wohnung. Gar nicht wenig. Doch nachdem der Entschluss für mich klar ist, geht es ähnlich leicht wie bei der Entscheidung für eine Kur. Anruf bei Kollegen und Arbeitgeber; drei Gespräche, als ich wieder daheim bin; die neue Stelle ist ganz in der Nähe und eine schöne neue Wohnung ist auch gefunden. Die Presse wird informiert und berichtet im großen Stil über mich als den Pastor, der kürzertritt. *Schlichtweg schade*, so lautet die Titelzeile. Mit großer Offenheit erzähle ich der Reporterin meine Beweggründe, die sie im Artikel auch benennt. Nach dem Erscheinen der Reportage schreibt mir eine Frau, sie habe den Zeitungsartikel ausgeschnitten und ihrem Mann auf sein Kopfkissen gelegt. „Der sollte sich das mal zu Herzen nehmen und auch einen solchen Schritt machen!" Kürzertreten bedeutet nicht Verzicht, sondern Gewinn. Gewinn von Freiheit, Zukunft, Gesundheit und Zeit zum Leben.

Freudenstadt
oder Eine Odyssee

Wenn einer eine Kur besucht, dann kann er was erzählen. Vor allem, wenn es die erste Kur ist. Mich führte sie in eine psychosomatische Klinik in Freudenstadt. Den Namen der Stadt kannte ich bereits von Kindertagen her. So hieß das SABA-Radiogerät meiner Eltern. Dass der Firmenname SABA „Schwarzwälder Apparate-Bau-Anstalt" abkürzte, wusste ich nicht; folglich auch nicht, dass Freudenstadt im Süden Deutschlands liegt. Sieben Stunden Zugfahrt führten mich zum Kurort. Nach Zimmerbezug und ärztlichem Check bekam ich einen Stundenplan, der mich an alte Schulzeiten erinnerte. Die Tage waren mehr als gut gefüllt.

Nach zwei Tagen gab es ab 15 Uhr Freizeit für mich. Also nichts wie ab in die Freudenstadt. 20 Minuten Fußweg, kein Problem. Ich kaufte die Dinge, die ich beim Kofferpacken vergessen hatte: Shampoo, Handschuhe (es schneit auch gern mal im November im Schwarzwald), Gummibärchen, Kreuzworträtselheft. Dabei schaute ich mir die schöne Stadt an, die angeblich den größten Marktplatz Deutschlands hat, was alle Menschen in Heide (Schleswig-Holstein) mit Inbrunst bestreiten. Am Ende meines Rückweges, kurz vor dem Ziel, wollte ich noch ein Foto von der Klinik machen.

Bei der Suche nach dem Handy bemerkte ich: Mein Portemonnaie ist nicht mehr da. Weg. Einfach weg. Wie kann das sein? Ungefähr 200 Euro als Kurtaschengeld waren darin, neben Personalausweis, Führerschein, EC- und Kreditkarte. Und die Geldbörse hatte mir meine Frau zu Weihnachten geschenkt. Sie hatte sie für mich liebevoll ausgesucht. Erst jetzt bemerkte ich, wie sehr ich daran hing. Ich war kurz davor, in Tränen auszubrechen.

Ich ging also den ganzen Weg zurück. Ging in alle Geschäfte, die ich besucht hatte, fragte nach meiner verlorenen Börse. Im Zeitschriftenladen, beim Kiosk, in der Wirtschaft mit selbstgebrautem Bier, beim Bäcker, im Sportladen. Überall freundliche Menschen, aber überall eine traurige Verneinung. „Wir haben hier nichts gefunden. Und abgegeben wurde auch nichts. Aber nach Ladenschluss gucken wir nochmal genau hin!“ Danke! Mit schwerem Kopf und immer noch den Tränen nah, trottete ich den Weg zur Kurklinik zurück. Ich kam an einem Café vorbei. „Frischer Kaffee“ wurde per Plakat feilgeboten. Gibt es eigentlich auch „nichtfrischen Kaffee?“ In diesem Moment fiel mir ein, dass ich bei meiner Suche ein Geschäft vergessen hatte. Tchibo! Dort hatte ich nach Handschuhen gesucht (früher verkaufte man bei Tchibo übrigens vorwiegend Kaffee, aber das weiß heute keiner mehr). Ich ging also wieder in die Stadt. Kurz vor Toresschluss betrat ich das Geschäft. Drei Verkäuferinnen standen an der Theke und wälzten ein dickes Telefonbuch. Ich trat an den Ladentisch und wollte gerade meine Frage stellen, als die drei Damen mich anschauten und sagten: „Sie müssen der Pastor Schlicht sein." Ich war so überrascht, dass mir keine Antwort einfiel. „Wir haben Ihr Portemonnaie gefunden, mit Pass und Bild. Ebenso die Visitenkarte. Da haben wir bei Ihnen zu Hause angerufen und auf dem Anrufbeantworter gehört, dass Sie auf Kur in Freudenstadt sind. Jetzt suchen wir die Nummer der Klinik, um Ihnen Bescheid zu sagen." Sie überreichten mir meine Geldbörse und lächelten wie die Engel aus der Weihnachtsgeschichte. Ich bedankte mich herzlich und tatsächlich kullerte eine Träne aus meinen Augen. Ich nahm das Portemonnaie und zog einen 20-Euro-Schein heraus. „Vielen Dank, mögen Sie den Schein für Ihre Liebenswürdigkeit und Hilfe nehmen?" Die Antwort kam prompt. „Nein!" „Wieso nicht?", fragte ich, „Sie haben doch bestimmt eine Kaffeekasse." „Nein!", sagten sie, „das ist eine Selbstverständlichkeit. Vielen Dank. Wir freuen uns, dass wir helfen konnten."

Zum dritten Mal machte ich mich nun auf den Rückweg. Die Damen mit ihrer Reaktion gingen mir nicht mehr aus dem Kopf. Keinen Finderlohn annehmen, weil Hilfe selbstverständlich ist. Ich habe viel gelernt bei meiner Odyssee durch Freudenstadt.

Klassentreffen

oder The times they are a changin'

Ein dicker Umschlag lag im Briefkasten. Mit Wohlfahrtsmarke. Der Adressaufkleber zeigte eine Cornelia mit Doppelnamen, die ich nicht kannte. Als ich den Brief öffnete, änderte sich alles. Cornelia war Conny! Die Conny von früher. Sie organisierte ein Klassentreffen nach 30 Jahren seit dem Abitur am Albert-Einstein-Gymnasium. Sie hatte die Liste aller Namen beigelegt, ebenso ein Foto von unserer Entlassungsfeier. Conny hatte einen Landgasthof gebucht und fragte nun, wer dabei sein wollte. Ich sagte zu.

Klassentreffen. Eher ein Klassiker aus dem Fernsehen. Nun war ich dabei. Ich stieg beim Parkplatz aus, da ertönte schon ein Ruf: „Heiho, Schlichti, schön, dich zu sehen." Schlichti – diesen Spitznamen hatte ich gehabt und gehasst, aber Wolfgang hatte ihn sich gemerkt. Er stand vor mir: unverkennbar Wolfgang. Immerhin: Damals brachte er mir das Gitarrenspiel bei (mit der Hoffnung, damit käme man bei den Mädchen gut an, naja). Dann lernte ich von ihm das Skatspielen (pro Punkt ein Pfennig!), und er zeigte mir, dass es wichtig war, Langspielplatten „feucht" abzuspielen (wer kann sich noch daran erinnern?).

Zwischen Parkplatz und Lokal wimmelte es bereits von mehr oder weniger bekannten Gesichtern. Da war Claus! Best looking man ever! Im Chemieunterricht saßen wir zusammen, und er erzählte, dass er einen Ferienjob habe. Bei einem neuen „Privatsender": SAT 1. Er dürfe bei den Olympischen Spielen die Stars wie Carl Lewis interviewen. Was war ich neidisch! Im Gasthaus kam sogleich Yorck auf mich zu; er sah immer schon wie Thomas Magnum aus, nur ohne Schnauzer. „Mensch, Schlichti! Schön, dich zu sehen." Ich freute mich auch, aber den Spitznamen mochte ich nun gar nicht mehr.

Dann kam noch Kai dazu, der scharfe Typ, der natürlich mit allen tollen Mädchen in der Oberstufe ein Verhältnis gehabt hatte; dann sah ich Holger, der bereits in den 70ern eine goldene Fender-Gitarre besaß; und endlich meinen Freund Jens. Wir hatten die Oberstufe gemeinsam durchlitten. Leistungskurse Englisch und Gemeinschaftskunde. In den Freistunden gingen wir in das nahegelegene Bistro und tranken unerlaubt ein Glas Bier. Jens hatte inzwischen die Firma seines Vaters übernommen, machte Baustatik und verdiente wirklich gut. Kurz vor dem Abitur sind wir mal mit dem Segelboot seines Vaters auf der Ostsee geschippert. Ich kann mich immer noch gut daran erinnern, wie schlecht mir beim Ausbaumen wurde. Schwamm drüber, auch Jens sah nun viel älter aus. Wie sah ich jetzt eigentlich aus?

Im Gasthof saßen wir draußen als Jungs-Gang zusammen. Conny kam hinzu, begrüßte uns mit Umarmung und ihrem immer noch bezaubernden Lachen. Mein Gott, Conny. In der Schule war ich wirklich kein good looking boy. Aber immer, wenn Conny mich sah, nahm sie mich in den Arm. Sie mochte mich und ich sie, aber ich wusste: Ihr Freund, ihr Lover werde ich nie. Aber es ist auch schön, eine schöne Frau als Freundin zu haben.

Das Buffet wurde eröffnet. Natürlich guckte ich nach den anderen Gästen bzw. Schulkameraden. Marc erkannte ich gleich. Er wohnte mittlerweile in London und leitete eine Architekturfirma. Frank war nicht dabei; er starb schon vor zehn Jahren an Krebs. Detlef konnte nicht kommen. Zwischen Käsesticks und Frikadellen guckte ich mich weiter um. Wo waren denn die Mädchen, die für mich damals die pubertäre Welt gestaltet hatten? Barbara erkannte ich; für sie hatte ich mein erstes Lied geschrieben. Es war so doof, dass ich sie besser nicht darauf angesprochen habe. „I need no drugs, I need my Babs“, echt kein Klassiker. Dann suchte ich nach Therese. Sie war meine erste große Liebe. Und sie mochte mich auch, so dachte ich. Immerhin hatte sie mir einen Pullover gestrickt. Wenn das nicht ein Antrag zur Hochzeit war? Aber nein. Mit dem Pullover bekam ich einen wunderbaren Brief; mein Herzklopfen beim Öffnen kann ich heute noch fühlen. Ein Foto von ihr war oben aufgeklebt. Und dann ihr Text, handgeschrieben:

„Wir sind dafür bestimmt, Freunde zu sein! Nicht mehr!“ Ich habe geheult. Therese sah beim Klassentreffen ganz anders aus als damals. Sie hatte ihre Zähne richten lassen, trug einen grauen Damenanzug. Sie sah aus wie eine Sekretärin im Chefvorzimmer. Und in *die* war ich einmal so sehr verliebt?

Derweil schaute ich mich um nach Gaby. Gaby war damals der schärfste Feger auf dem Gymnasium. Alle wollten Gaby kennen, am besten mit ihr gehen! Doch Gaby war nicht da, die Frau mit den Beinen bis zum Hals, dem Stupsnäschen, den scharfen Hemden mit einem Ausschnitt, dass man kaum noch Atem holen konnte. „Ist Gaby nicht da?“, fragte ich Jens. Er nickte nur stumm zur Seite. „Da sitzt sie doch.“ Ich sah hin und konnte es nicht glauben. Eine dicke Person, aufgedunsen, völlig verändert. Ich setzte mich zu ihr. „Hey, Schlichti“, sagte sie, und ich freute mich, dass sie mich erkannte. Ich hätte sie niemals wiedererkannt. Das Gesicht war gezeichnet von Falten, von Zigaretten und Alkohol. Sie war wirklich einmal die Schönste der Schönen gewesen. Jeder Junge hatte sich gewünscht, mit ihr zu gehen. Von anderen Dingen ganz zu schweigen. Und jetzt? Ein Wrack des Lebens. „Mein Gott“, fragte ich mich, „wie sehe ich heute aus?“

Der Sommerabend schritt voran. Wir saßen und genossen den Gin Tonic. Zwei damalige Lehrer waren auch gekommen. Herr Deisting, der Erdkundetyp, und Herr Kreidner, Gesellschaftskunde. Wir schwatzten und lachten und merkten: Wir sind alle ziemlich älter geworden. Ich stand auf und ging in den weiträumigen Park. Zwischen den Bäumen fand ich eine Bank und setzte mich. Ich blickte auf den weiten Horizont, auf Birken, Kühe und den Abend.

„Hallo Matthias." Eine Stimme hinter mir. Es war Uta. Meine Güte, Uta! Sie reichte mir die Hand und lächelte, so wie immer. Damals. In der Theater-Gruppe von Frau Bacher hatten wir uns kennengelernt. Aber wie! Das Stück, das wir aufführen wollten, war *Das Haus in Montevideo* von Curt Goetz. Ich sollte den Pastor spielen (ach was!), und sie übernahm die Rolle eines „gefallenen Mädchens". In dem Theaterstück entdeckt der Pastor, dass das vermeintliche Bordell tatsächlich eine Schule für Mädchen ist, die wieder auf die „gerade Bahn" kommen wollen. Der Pastor ist nach der Entdeckung so glücklich, dass er das Mädchen (Regieanweisung!) umarmt und küsst. Noch nie hatte ich ein Mädchen geküsst, schon gar nicht auf offener Bühne. Also probten Uta und ich: küssen. Linke Wange, rechte Wange, Stirn. Unsere Lehrerin war schon etwas genervt. „Das muss echt aussehen!" (Wie lustig, wenn man echt nicht kennt.) Uta sagte dann: „Küss mich doch einfach richtig, auf den Mund." Und ich Blödmann habe mich nicht getraut. Warum, weiß ich bis heute nicht. Ich mochte sie sehr gern und sie mich auch. Aber zum Kuss ist es nicht gekommen. Unsere Theaterszene retteten wir mit einem Wangenkuss.

Nun saßen wir zusammen auf der Bank beim Klassentreffen. Wir redeten von früher und sie erzählte mir Geschichten, die ich längst vergessen hatte. Dass ich ihr das Fahrrad nach Hause geschoben habe, weil es hinten einen Platten hatte; dass ich sie zum Krankenzimmer geführt habe, als sie beim Sportunterricht neben das Trampolin gefallen war; dass ich mit ihr zu *Seasons in the sun* getanzt habe. Ich hatte nur meine Erinnerung an den versemmelten Kuss. Sie lachte herzlich darüber. Mittlerweile war sie lange verheiratet; sie und ihr Mann hatten zwei Kinder, die studierten. Ich erzählte von mir. Mensch, wie die Zeit doch vergeht. Wir erhoben uns von unserer Erinnerungsbank. Unverhofft umarmte sie mich sehr innig. Und als wäre es das Selbstverständlichste von der Welt, küssten wir uns. Der Kuss, der seit 30 Jahren gefehlt hatte.

Zurück bei den anderen, setzen wir uns in die gesellige Runde. Ein hochgewachsener Mann, ihr Ehemann, trat an den Tisch. „Ey, Uta, ich warte schon seit 15 Minuten." Sie sah mich an und ich sie. Sie umarmte mich und sagte, wie schön es war, dass wir uns wiedergesehen haben. Dann ging sie. Ich ging auch bald, und im Auto hörte ich Stan Getz. Meine Musik für besondere Momente. Ach, Uta, was wäre gewesen, wenn … vor 30 Jahren … wenn wir heute … Aber das ist eine andere Geschichte.

Der Kalender
oder Der nächste Tag ist auch noch da

In unserer Küche hängt ein Kalender. Nein, nicht einer. *Der* Kalender hängt dort. Auf jeder Seite sieht man einen Monat. Unübersehbar hat meine Frau mit gelbem Leuchtstift die Ferientage für Niedersachsen auf ihm angemalt. Sie ist von Beruf Lehrerin. Wahrscheinlich haben alle Lehrerinnen einen solchen Kalender als Beruhigungsmittel. Denn es ist ja schön zu wissen, dass hinter dem Ozean der Schulanforderungen, Dienstbesprechungen, Elterngespräche und Gutachtenanfertigungen am Horizont die Ferien zu sehen sind. Inmitten der gelb unterlegten Ferientage finden sich einige dicke, rote Leuchtpunkte. Sie kennzeichnen unsere gemeinsamen Urlaubsfahrten, die wir geflissentlich lange im Voraus planen. Eine Woche Föhr zu Ostern, zwei Wochen Schleswig-Holstein oder Mecklenburg in einem alten Reetdachhaus, zum Schluss noch einmal eine Woche Föhr in den Herbstferien.

Manche empfinden das als langweilig. „Nicht nach Malle?“ „Keine AIDA?“ Nein. Zusammen mit unserem alten Hund empfinden wir den norddeutschen Urlaub als eine wahre Entspannung. Lange Spaziergänge, endlich Zeit zum Lesen oder um neue Kochrezepte auszuprobieren. Damit die unendlich wirkende Wartezeit bis zur nächsten Urlaubsfahrt etwas kürzer erscheint, streichen wir jeden Morgen zum Frühstück den vergangenen Tag auf dem Kalender mit einem schwarzen Strich aus. Das sieht gut aus. Jeder Strich wirkt wie eine Treppenstufe und verkürzt die Wartezeit bis zu den Ferien. Strich für Strich kommt man sich näher.

Beim Frühstück hören wir die Nachrichten im Radio. Gerade als ich meinen nächsten Strich mache, wird folgende Meldung gebracht: Ein junges Ehepaar ist in den Flitterwochen auf Kreta mit einem Leihauto tödlich verunglückt. Ich setze den Stift vom Kalender ab.

Was für eine Tragödie. Ich mag mir das gar nicht vorstellen. Bestimmt hat das Paar auch – wie wir – die Tage bis zum großen Ereignis mit- bzw. runtergezählt. Dann endlich: der Hochzeitstag. Dann endlich: die anschließende Flitterwoche. Schickes Hotel, Sonnenstrand, frischer Fisch in Rethymnon, Ausfahrten ins Hinterland auf den Spuren von Alexis Sorbas. Dann passiert das Undenkbare. In einem Moment. In einer Sekunde. Unfall und Tod. Schrecklich.

Meine Frau und ich reden darüber. Ist es überhaupt sinnvoll, Tage des Wartens im Kalender abzustreichen, wenn man doch nicht weiß, wann man den letzten Strich machen wird? Irgendwann mache ich den allerletzten, aber ich werde es in dem Moment nicht wissen. Ob ich will oder nicht:

So ist das Leben. Einmal werde ich den letzten *Tatort* sehen, ohne zu ahnen, dass es der letzte ist. Oder die letzte *Tagesschau,* das letzte Glas Riesling, die letzte Wirsingroulade, das letzte Mal Sandras Zwetschgenkuchen. Soll ich den Abstreichkalender abnehmen?

Mir fällt mein Freund Peter ein. Peter hatte auch so einen Kalender. Er zählte die Tage bis zu seinem 60. Geburtstag ab. Eine große Feier war geplant; eigentlich eine Doppelfeier. Denn an diesem Tag wollte er in den Ruhestand gehen. Jahrzehnte hat er in hoher Position bei einer Weltfirma gearbeitet. Er hat viel geschafft und gut verdient. Er hätte noch mehr verdienen können, doch er sagte sich (und mir): „Mit 60 ist Schluss. Dann habe ich genug. Genug gearbeitet, genug geärgert, genug verdient. Dann komme ich mit meinen Hobbies zu meinem Recht!" Gesagt, getan. Der 60. Geburtstag wurde groß gefeiert. Danach ging es in die Werkstatt. Peter steht auf Oldtimer, die er selber pflegt, repariert und zur Not ganz und gar zusammenbaut. Er ist seit Beginn der Schöpfung der einzige Mensch auf diesem Planeten, der einen Wankelmotor eigenhändig auseinander- und wieder zusammengebaut hat, ohne in der Nervenheilanstalt zu landen.

Wenn wieder einer seiner Oldtimer von seiner Hebebühne (in einer eigenen Garage!) runterrollt, ruft er mich an. „Du, der BMW läuft!" Oder der Mazda oder der Audi oder sein Cabrio. „Wollen wir los?“ Ein weiteres Interesse, dem Peter nun nachgehen kann. Mit mir als seinem Freund eine drei bis vier Tage währende Spritztour. Nach Ostfriesland oder nach Würzburg, aber bitte nicht auf Autobahnen. Mein Beruf ist das einzige Problem: Wann hat ein Pastor schon mal – wenn auch nur wenige Tage – Zeit für einen solchen Kurztrip? Bisher hat es jedes Jahr geklappt, wenn auch leider nie spontan. Diese Tage trage ich natürlich auch auf dem Kalender in der Küche ein. Mit grünen Kreuzchen.

Ich führe also den Kalender weiter und meine Frau macht mit. Vorfreude ist eben auch eine Freude, selbst im Wissen um die Endlichkeit dieses Tuns. Und wie gut, dass keiner weiß, wann der letzte Strich gemacht wird.

Heil des Alltags

oder Rituale der Sicherheit

Günter und Gisela feiern ihren 55. Hochzeitstag. Die Urkunde von der Kirchengemeinde liegt im Büro. Ich überlege: 55 Jahre – das ist die Juwelenhochzeit. Was für eine lange Spanne Zeit! Um elf Uhr fahre ich mit Blumenstrauß und Urkunde zum Jubiläumspaar. Sie wohnen in einer Siedlung, die in den 50er-Jahren errichtet wurde. Reihenendhaus. Auf den Stufen zur Eingangstür stehen Gartenzwerge, so wie ich sie in meiner Kindheit noch in Omas Garten gesehen habe. Freundlich werde ich von dem Paar empfangen. Sie leiten mich in ihr Wohnzimmer, wo bereits Kaffeegeschirr und Kekse parat liegen. Ich blicke mich um. Ein kleiner Raum mit Schrankwand (70er-Jahre-Design mit Barfach), Fernseher, kleines Sofa und zwei gemütliche Sessel mit gehäkelten Arm- und Kopfteilschonern. Die beiden bemerken meinen umherschweifenden Blick. „Hier fühlen wir uns wohl", sagt Gisela. „Unser Heim", ergänzt Günter, „solange wir verheiratet sind. Wir hatten damals Glück, diese Genossenschaftswohnung zu bekommen. Hier ist unsere kleine heile Welt."

Ich frage nach ihren Kindern. Sie haben einen Sohn, der wohnt in Hamburg. Er wird nächsten Sonntag zum Kaffee kommen. Dann freuen sich die beiden noch über ihre Enkeltochter. „Sie hat studiert und arbeitet jetzt in einer Apotheke", sagen sie voller Stolz. „Auch sie kommt Sonntag." Die Frage nach Freunden und gutem Kontakt zu Nachbarn verneinen sie, ohne dass es sie traurig berührt. Aber sie finden es nett, wenn die neue Nachbarin beim Vorbeigehen am Fenster winkt. „Wir sind wirklich glücklich hier", beteuert Gisela.

„Wie sieht denn Ihr Tag so aus?", frage ich. „Haben Sie Hobbies oder besuchen Sie Angebote von der Kirche oder der AWO?" „Nein, hier haben wir alles für ein gutes Leben." Und dann erzählt mir Gisela, wie ihr Tagesablauf aussieht. „Es ist so. Um sieben Uhr klingelt der Wecker. Günter geht zuerst ins Bad, weil er dann beim Bäcker ein Mohn- und ein Sesambrötchen holt. Die essen wir immer. Natürlich bringt er auch die BILD-Zeitung mit. Den Frühstückstisch decke ich immer schon am Abend zuvor. Wenn er vom Bäcker zurückkommt, frühstücken wir. Er nimmt immer Pflaumenmus und ich Erdbeermarmelade. Dann räume ich ab und Günter liest die Zeitung. Danach ist am Vormittag die Zeit für Einkäufe oder den Frisör oder Arzttermine. Aber um elf Uhr sind wir wieder hier, damit das Mittagessen um zwölf fertig ist. Dann nehmen wir uns eine Stunde Zeit zum Dösen. Hier in den Sesseln. Dann bereite ich uns einen Schonkaffee vor, denn sonst können wir abends nicht gut schlafen. Und dann gibt's Kaffee zur Fernsehzeit. 15 Uhr *Shopping Queen* mit dem Guido; 16 Uhr *Traum-*

hochzeit und 17 Uhr *Tüll und Tränen*. Kennen Sie das?" „Ja", sage ich, „ganz interessant." „Nein", sagt Günter, „das ist *hoch*interessant. Da lernt man Menschen kennen und wie die so sind. Manche sind lustig, andere sind zickig." Gisela fährt fort. „Dann essen wir Abendbrot. Wir mögen immer schon Jagdwurst und Scheibenkäse. Dazu nimmt jeder eine Tomate. Oder eine Gurke. Und dann schauen wir uns *Bares für Rares* mit dem Horst Lichter an." „Die Sendung finde ich auch gut", werfe ich ein, um beim Bericht dieses durchstrukturierten Tagesstundenplanes auch einmal etwas zu sagen. „Nach der *Tagesschau* gucken wir dann NDR 3 mit den Tierfilmen oder Filme über Norddeutschland. Und danach machen wir uns fertig zum Schlafen." „So machen Sie das jeden Tag?", frage ich. „Jeden Tag", versichert Günter. „So leben wir gern seit" – er guckt seine Frau an – „bestimmt schon 20 Jahren." Ich trinke meinen Kaffee aus, bedanke mich und verabschiede mich.

Auf meinem Weg zurück in das Kirchenbüro denke ich über dieses Gespräch nach. Was soll man dazu sagen? Jeden Tag mit demselben Ablauf leben. Ist das öde? Oder trostlos? Oder was? Für mich wohl. Für Günter und Gisela offenbar nicht! Sie reden von Wohlfühlen, von Glück, vom Heim, sogar von ihrer „heilen" Welt. Was kann es Größeres geben als eine Welt, die „heil" ist? Meine anfängliche Nachdenklichkeit verändert sich in Rührung. Was für ein Leben, wenn man so leben will.

Ungefähr ein Jahr später treffe ich Günter in der Apotheke. Er hat Inkontinenzvorlagen gekauft und legt sie in eine Plastiktüte. Da ich nur Hustenbonbons kaufe, hole ich ihn noch vor der Tür ein. Ich spreche ihn an. Mir fällt sofort auf, dass er sich äußerlich verändert hat. Sein Gesicht ist eingefallen. Er ist nicht mehr gründlich rasiert. Seine Haare sind leicht fettig und die Jacke hat Flecken. Vor einem Jahr sah er anders aus in seiner sauberen Cordhose, dem gebügelten Flanellhemd und der gestrickten Weste. Ich stelle die typische, doofe Pastorenfrage: „Na, wie geht es Ihnen?“ „Ach“, seufzt er, „ach ja.“ Da die Sonne scheint, frage ich ihn, ob wir nicht einen Moment auf einer Bank Platz nehmen wollen. Wortlos setzt er sich hin.

„Was ist denn passiert?“, frage ich ihn ruhig. Dann erzählt er. Seine Frau ist vor einem halben Jahr gestürzt. Oberschenkelhalsbruch. Sie ist jetzt nur noch in der Wohnung, weil sie die Stufen zum Eingang nicht mehr gehen kann. Ein Rollator passt nicht in die kleine Wohnung. Er hilft ihr beim Gehen, Setzen, Liegen. „Unser ganzes schönes Leben. Nun ist es vorbei. Alles, was wir gern machten, geht nun nicht mehr. Auf die Toilette kommt sie auch nicht mehr immer rechtzeitig. Er hebt die Plastiktüte mit den Vorlagen hoch. „Es ist alles nicht leicht. Es ist nicht schön, gar nicht schön.“ Sie bekommen zwar Hilfe vom Sozialdienst, „aber unser Leben war doch mehr. Oder?“ Ich frage, ob die beiden sich über einen Besuch von mir freuen würden. „Danke“, sagt er, „aber da ist es nicht mehr schön. Nicht mehr wie früher. Danke, aber bitte nicht.“ Wir verabschieden uns. Das Heil des alten Alltags geht mit ihm hinfort und lässt mich ratlos und beklommen zurück.

Zufall oder Fügung? Nach wenigen Monaten treffen wir uns beim Bäcker. Ich erinnere mich an die Geschichte und meine Unsicherheit. Er wendet sich zu mir und hält die Brötchentüte hoch. Und die BILD-Zeitung. „Schauen Sie“, sagt er. „Wir Alten haben uns was Neues ausgedacht. Ich schmiere die Brötchen. Sesam und Mohn. Wir frühstücken im Sessel. Danach lese ich ihr die Zeitung vor. Dann kommt die polnische Frau von der Pflege und dann freuen wir uns auf das Essen auf Rädern. Nachmittags kommt die Frau noch einmal und hilft bei der Toilette und so. Aber fernsehen können wir immer noch. Im Esszimmer haben wir umgeräumt, da ist jetzt das Bett meiner Frau drin. Das kann man automatisch hoch und runter machen. Und zum Abschluss lese ich ihr noch ein Kapitel aus einem Konsalik-Buch vor. Es ist zwar nicht mehr wie früher, aber wir sind doch noch zusammen. Wir machen es uns nun so ganz schön. Das tröstet uns in unserer kleinen Welt.“

Es kommt selten vor, dass ich mir eine Träne verdrücken muss. Um abzulenken, kann ich nur sagen: „Gott sei Dank.“ Dann geht Günter mit seiner Brötchentüte zurück in einen neuen Alltag. In eine neue Form des Heils.

Fünfundzwanzig
oder Der Wein im Keller

Mein Schwager und ich waren uns sofort einig. Wir überredeten unseren Schwiegervater, setzten ihn mit uns in ein Auto und fuhren für ein Wochenende nach Escherndorf. Mitten in der Mainschleife, wo es am schönsten ist und der Escherndorfer Lump die feinsten Silvaner der Welt hervorbringt. Lange Jahre war unser Schwiegervater mit seiner Frau dorthin gefahren; leider ist sie viel zu früh gestorben. Doch die Landschaft und die freundlichen Winzer hat er nicht vergessen. Ganz allein den weiten Weg zu fahren, das ist doch etwas beschwerlich, und so haben wir die Entscheidung übernommen. „Wir fahren hin. Und du kommst mit."

Unser Schwiegervater, er heißt übrigens Richard, war begeistert. Also wurde sogleich für das nächste Jahr die nächste Tour geplant. Nun soll es in den Rheingau gehen. Da war er noch nie, und wir auch nicht. Also, los ging es. Der Rheingau ist wirklich eine wunderschöne Landschaft. Auch wenn man keinen Wein mag. Der Rhein liegt wie eingeschmiegt in den Weinbergen, die Sonne glitzert, das Licht und die Farben im Weinberg sind ein Stück vom Paradies. Bei einem Winzer fanden wir Quartier und machten uns – dem Führerschein zuliebe – auf Schusters Rappen auf den Weg durch die Weinberge. Zu den Stätten der geschmackvollsten Rieslinge auf diesem Planeten. Kloster Eberbach, Schloss Vollrads, Schloss Johannisberg.

Nicht zu vergessen die Weingüter mit den bekannten Namen Weil und Allendorf. Letzteren kannte ich noch gar nicht, aber ich werde ihn nie vergessen. Nach einer ganz modern gestalteten Weinführung brachte er uns in das Allerheiligste seines Weingutes. Der alte Weinkeller. Meine Güte! Zwischen Riesenfässern kredenzte (ich weiß kein anderes passendes Wort) er uns einen seiner Spitzenweine. Seine Brust war stolzgeschwellt, zu Recht, denn der Wein war wirklich phantastisch. Leicht und trotzdem voller Geschmack. Noch stolzer wurde der Winzer, als er uns erzählte, dass die deutschen Weinkritiker diesen seinen Wein auf die Top-Position des Jahrgangs gesetzt hatten. Und sie hatten ihm ein „Entwicklungspotential" (heißt: Er wird jedes Jahr der Lagerung noch besser!) von 25 Jahren bescheinigt. Das ist Rheingau-Weltrekord. Der Winzer sprach: „Um das zu überprüfen, müssten Sie nun 25 Flaschen kaufen und jedes Jahr eine probieren. Und dann schreiben Sie mir, wie sich der Wein verändert. 25 Jahre, 25 Flaschen. Kostet nur 500 Euro!" Wir schluckten, nicht nur den Wein. Hinter mir erscholl eine mir vertraute Stimme. „Das mache ich! Ich kaufe die Flaschen. Ich zahle gleich!"

Mein Schwiegervater hatte gesprochen. Mein Schwager und ich schauten uns verwirrt an. 25 Jahre? Schwiegervater hatte gerade seinen 75. Geburtstag gefeiert. Äh, also, nun ja. Was soll man sagen … Wir sagten nichts, aber er sprach, durchaus im Pathos eines alttestamentlichen Erzvaters: „Wenn ich einmal nicht mehr bin, dann müsst ihr allein weiterkosten. Aber immer am 1. Oktober. Da hatte mein Vater Geburtstag." Er sprach's, er kaufte, und seither treffen wir uns an jedem 1. Oktober bei ihm im Keller und probieren. Wir bemerken tatsächlich die ersten positiven Veränderungen. Aber viel stärker hat sich mein Schwiegervater mit seiner einsamen Weinkellerentscheidung bei mir festgesetzt. Werde ich den Mut haben, mit 75 Jahren für 25 Jahre im Voraus Wein zu kaufen, der sich immer mehr zum Guten verändert? Ich weiß es nicht, aber ich hoffe, dass ich auch einmal solche Größe in mir spüre. Und diese umsetze.

Oma an der Gartenpforte

oder Die Macht von Gebeten

Meine Oma war eine rüstige Frau. Zusammen mit Opa hat sie mich maßgeblich geprägt, da mein Vater und meine Mutter berufstätig waren. Außer ihren vorzüglichen Kochkünsten habe ich vor allem Großmutters Redensarten noch gut im Gedächtnis, egal ob hoch- oder plattdeutsch vorgetragen. „Löppt sick allens wedder t'recht" oder „Wat mutt, dat mutt" oder „Von nix kömmt nix."

Anfang der 70er-Jahre bekam meine Großmutter Brustkrebs. Mir gegenüber wurde im Kreis der Familie nur gesagt, sie sei schwer krank. Über Krebs zu reden, das war immer noch tabu. Über Brustkrebs mit Amputation erst recht. Es ist bis heute Mildred Scheel, der Frau des damaligen Bundespräsidenten, dafür zu danken, in Unterhaltungssendungen im Fernsehen öffentlich über ihre Krebserkrankung gesprochen zu haben! Als 30 Jahre später Bischöfin Margot Käßmann ihre Krebserkrankung offenlegte, war das immer noch eine Titelseite auf den Boulevardblättern wert. Aber ein Erdbeben wie damals bei Frau Scheel löste es nicht mehr aus.

Nach der Operation meiner Großmutter hörte ich häufig eine leise gesprochene Aussage: Wenn fünf Jahre kein Krebs nachkommt, dann ist alles gut! In den 70er-Jahren hoffte man noch, Krebs könne tatsächlich zu 100 Prozent geheilt bzw. alle Tumorzellen könnten entfernt werden. Heute wissen wir es anders. Durch Operationen kann geholfen und gelindert werden, aber jeder Betroffene muss auch lernen, mit dem Krebs bzw. seinem Restrisiko weiterzuleben.

Nach drei Jahren brach der Krebs wieder aus. Da sah auch ich, dass es mit Oma nach ihrer Rückkehr nicht besser werden würde. Sie war nun bettlägerig und wurde von meiner Mutter und meiner Tante gepflegt. Und von mir, so bildete ich es mir jedenfalls ein.

Jeden Tag, wenn ich von der Schule kam, flitzte ich erst mal zu Oma in ihre Wohnung. Dort setzte ich mich an ihr Bett und erzählte von allem Möglichen, was ich in der Schule erlebt hatte. Vom doofen Französischlehrer und von meinem Freund Detlef, der immer Rumkugeln aß. Von der Sportstunde, in der – peinlicherweise – für mich immer das niedrigste Reck aufgebaut werden musste. Oma hörte mir stets gern zu. Manchmal fielen ihr dabei die Augen zu. Doch sie freute sich, wenn ich ihr ein kleines Bild malte oder wenn ich von meinem kargen Taschengeld ein Stückchen Schokolade für sie gekauft hatte. Einmal fand ich ein vierblättriges Kleeblatt. Das sollte ich pressen; sie legte es zu den anderen Sachen von mir auf den Nachtschrank – neben die unzähligen Tablettenpackungen. Ich erinnere mich noch genau, dass ich damals jeden Abend für sie gebetet habe: „Lieber Gott, lass bitte meine Oma nicht sterben."

Eines Tages bin ich wieder nach der Schule zu ihr gegangen. Nach meinen kleinen Berichten sagte sie unvermittelt zu mir – und selbst jetzt bekomme ich wieder eine Gänsehaut: „Matthias, jede Nacht im Traum stehe ich auf, gehe im Morgenmantel die Treppe runter zur Gartenpforte und will hinausgehen. Aber jedes Mal stehst du davor und lässt mich nicht durch!" Ich fühlte mich ertappt. Mir schien es, als hätte sie mich beim Beten in meinem Schlafzimmerchen erwischt. Wie war das möglich? An diesem Abend habe ich nicht mehr für meine Großmutter gebetet. In der nächsten Nacht ist sie gestorben.

Zufall? Ich weiß es nicht. Wie viele Frauen haben mir erzählt, dass die Uhr im Flur stehenblieb, als Ehemann oder Sohn im Krieg gefallen sind. Alles Zufälle? Oder gibt es Zusammenhänge, deren Sinn uns nur verborgen ist? In der Forschung rund um das menschliche Bewusstsein gibt es den Begriff der Synchronisation. Wir denken an jemanden, mit dem wir lange nicht mehr geredet haben, und auf einmal klingelt das Telefon und genau diese Person ruft an. Dabei erleben Betroffene eine Zeitgleichheit, der wir intuitiv einen tieferen Sinn unterstellen. Und wenn es diesen Sinn nun wirklich gibt?

Meine Großmutter sagte: „Immer genau hingucken! Irgendwann verstehst du das!" Ich habe verstanden, dass meine Oma damals gehen konnte, und ich habe sie nicht aufgehalten. Mit ihrem wehenden Morgenmantel sehe ich sie die Straße runtergehen. „Löppt sick allens wedder t'recht."

Rauer Stein

oder Erkenne dich selbst

Der ältere, vornehme Herr erinnerte mich spontan an Curd Jürgens. Von der Statur her, von der gewissen Noblesse, von der freundlichen Ausstrahlung. Er fragte mich höflich, ob ich mir vorstellen könne, einen Vortrag über Martin Luther zu halten. Sie seien eine Gruppe, die sich wöchentlich in Stade trifft, und sie beschäftigten sich gern mit aktuellen Themen. Luther und aktuell? Ach ja, das Reformationsjubiläum 2017 stand vor der Tür. „Sie müssen auch keine Angst vor uns haben", sagte er lachend. „Wieso Angst?", fragte ich fröhlich zurück. „Wir sind die Freimaurer der Loge aus Stade." Ich sagte sofort und gern zu.

Freimaurer. Zum ersten Mal hörte ich von ihnen in einer Vorlesung über Kirchengeschichte in Hamburg. 1737 wurde die „Loge d'Hambourg" als erste deutsche Freimaurerloge gegründet. Die Mitglieder fühlten sich den Idealen der Humanität und Toleranz verpflichtet. Durch die internationalen Kontakte von Baumeistern (heute würden wir Ingenieure sagen) war ein friedlicher Austausch über alle Religions- und Konfessionsgrenzen entstanden. Die entstehenden Logen waren von Anfang an offen für Christen, Juden, Muslime und auch nicht religiös Gebundene. Die Ringparabel in

Lessings *Nathan der Weise* bringt dieses Toleranzbewusstsein vollendet zum Ausdruck.

Logenhäuser kannte ich schon als Kind. Ob Lüneburg oder Harburg, Husum oder Hamburg: Die über der Eingangstür angebrachten Symbole von Zirkel und Winkelmaß hat mir mein Vater immer erklärt. Schließlich war er selbst Bauarbeiter: nicht als Maurer, sondern als Kranführer. Natürlich waren mir auch die Gerüchte über die Freimaurer bekannt. Geheimbündler. Seltsame Rituale, von denen kein Außenstehender etwas wissen darf. Dabei tragen sie immer schwarzen Frack mit Zylinder. Im sogenannten Dritten Reich wurde behauptet, dass die Freimaurer und die Juden täglich an der Übernahme der Weltherrschaft arbeiten. Verschwörungstheorien waren schon damals en vogue. Da die Freimaurer angeblich ein „Geheimnis" haben, hat die Gestapo das Logenhaus in Hamburg Stein für Stein abreißen lassen. Sogar die einzelnen Steine hat man aufgehauen. Irgendwo musste doch das Geheimnis verborgen sein.

Dass alle diese Gerüchte ein großer Mumpitz sind, war mir schon als Theologiestudent klar. Schließlich gehöre ich als Christ einer Religion an, die in ihren ersten drei Jahrhunderten ebenfalls von Gerüchten verfolgt wurde. Der schärfste Vorwurf war: Christen essen in geheimen Versammlungen kleine Kinder! Wie kam es zu dieser üblen Nachrede? Ganz einfach: Christen feierten das Abendmahl immer nur im Kreise von Christen, niemals in der Öffentlichkeit. Christen waren also auch einmal Geheimbündler. Und dann drang noch die Kunde nach außen, es gebe den „Leib Christi“ zu essen und das „Blut Christi“ zu trinken! Dabei ist Christus doch „der Sohn“. Also: Kinderkannibalismus! So ist das mit Gerüchten. Sind sie einmal in der Welt, dauert es sehr lange, bis sie wieder aus der Welt entweichen.

Zum abgesprochenen Abendtermin fand ich mich im Stader Logenhaus ein. 30 Herren, von denen keiner Frack und Zylinder trug, begrüßten mich freundlich. Die meisten von ihnen hatten sich Papier und Stift zurechtgelegt und hörten meinem Vortrag interessiert zu. Im Anschluss entwickelte sich eine Diskussion, bei der ich feststellen konnte, dass sich viele der Zuhörer bereits im Vorweg mit Luther beschäftigt hatten.

Am Ende saß ich noch mit meinem ursprünglichen Ansprechpartner bei einem Glas Wein zusammen. Ich fragte nach der Loge, ihrer Geschichte, und wie es mit neuen Mitgliedern aussehen würde. „Wie bekommen Sie eigentlich neue Leute? Machen Sie Werbung?“ „Nein“, lautete die prompte Antwort. „Wir werben nicht oder – in Ihrer Sprache – wir missionieren nicht. Wer sich interessiert, ist eingeladen, uns zu besuchen. Danach entscheidet jeder, ob er auch Freimaurer sein möchte.“ Das wusste ich nicht. Meine Frau auch nicht, der ich nach meiner Heimfahrt von dem beeindruckenden Abend und der intelligenten Atmosphäre erzählte. Sie sagte: „Dann fahr doch nochmal hin und schau, was sonst da passiert." Das tat ich. Ich erlebte Abende in immer wiederkehrender aufmerksamer Gesprächskultur zu Themen wie der Stadtgeschichte, neuen politischen oder belletristischen Büchern, ökologischem Apfelanbau oder den freimaurerischen Symbolen. Zirkel und Winkelmaß kannte ich ja schon von klein auf. Neu war für mich das Symbol vom „rauen Stein". Der raue Stein ist der Mensch selbst. Menschen haben Ecken und Kanten. Wenn es gut geht, ist es Teil ihrer Originalität. Wenn es schlecht geht, dann ecken sie bei anderen an. Man kann und man soll an sich selber arbeiten. Nicht für kurze Zeit, sondern lebenslang. Ich erinnerte mich an Luthers erste Ablassthese: „Wenn unser Herr und Lehrer Jesus Christus sagt ‚Tut Buße', dann will er, dass das ganze Leben der Gläubigen eine Buße sei." Modern gesagt: Ein Christ ist niemals mit sich und dem Leben „fertig". Er soll an sich selbst arbeiten, an seiner Beziehung zu seinen Mitmenschen und zu Gott sowie der ganzen Welt.

Nach mehreren Besuchen habe ich mich dazu entschlossen, auch ein Freimaurer zu werden. Als evangelischer Christ ist das leicht möglich. Ich kann es öffentlich ohne Repressalien sagen, dass ich in der Loge in Stade Mitglied bin. Katholische Christen haben es leider nicht so einfach. Immer noch ist nach Meinung der Kirchenleitung „katholisch sein" und „Freimaurer sein" nicht vereinbar.

Schade, denn die Arbeit am eigenen rauen Stein ist für jeden eine große Herausforderung und ein großer Erkenntnisgewinn. Mit den Worten eines Mitglieds der Stader Loge kann man es auch wie folgt ausdrücken: „Wir wollen die Welt verbessern und fangen bei uns selbst an."

Mustafa
oder Die Stimme des Herzens

Der Landessuperintendent aus Lüneburg hatte mich zum Gespräch eingeladen. „Lieber Bruder", begann er förmlich, „unsere Landeskirche möchte Sie mit einer großen Aufgabe betrauen. Können Sie sich vorstellen, Studentenpfarrer an der Technischen Universität Clausthal zu werden? Sie benötigen dort einen kommunikativen, aber auch promovierten Theologen. Denn Sie sollen nicht nur als Pastor für die Studenten wirken, sondern auch als Lehrbeauftragter Vorlesungen über Ethik und Philosophie halten."

Donnerwetter, dachte ich, so ein Angebot bekommt man nicht jeden Tag. Da ich nach meinen ersten sieben Jahren im Pfarramt von Bardowick sowieso schon über einen Wechsel nachgedacht hatte, war ich bereit, mir die Universität und die Studentengemeinde mal anzugucken. Ich packte also meine Frau und die drei kleinen Kinder ein, und ab ging es gen Süden. Und dann ging es ab nach oben. Clausthal liegt 600 Meter hoch, dass einem bei der Serpentinenauffahrt nur so die Ohren knacken. Oben angekommen, meinten meine Kinder angesichts der holzverkleideten Häuser: „Das sieht hier ja aus wie im Wilden Westen!" Das Wetter war eine einzige Verführung. Blauer, wolkenloser Himmel, Temperatur bei 25 Grad. Erst später sollte ich erfahren, dass dieser Tag nur einer von dreien war, an denen man im Oberharz von Sommer spricht. Ansonsten ist das Wetter von der nasskalten Seite berühmt und berüchtigt. Die Studenten sagen gern: „Die TU Clausthal ist die einzige Uni in Deutschland mit zwei Wintersemestern im Jahr. Dafür aber ohne Bahnanschluss.“ An diesen Aussagen stimmt so ziemlich alles.

Beim Antrittsbesuch trafen wir die Sekretärin, den Hausmeister, Studierende aus der Gemeinde und Bewohner des Evangelischen Studentenwohnheims. 51 Studenten aus aller Herren Länder, auch religiös bunt gemischt, wohnten dort. Was mir vorher keiner gesagt hatte: Ich würde mit meinem Amt gleichzeitig auch Leiter des Wohnheims werden. Na denn.

Nach der ersten Kontaktaufnahme nahm ich den neuen Job an. Die Wohnung – gleich neben dem Wohnheim – war groß. Jedes Kind hatte ein eigenes Zimmer, und los ging die Arbeit. Die Kinder freuten sich, nette Studenten zu entdecken, mit denen sie sich sogleich gut verstanden. Paulin aus Kamerun brachte ihnen Klavierspielen bei. Wu aus China faltete mit ihnen Papier und Teigtaschen. Mit Mustafa aus Marokko lernten sie das Billardspiel. Dabei standen die Kinder auf umgedrehten Bierkästen rund um den grünen Tisch.

Mustafa war ein wundervoller Mensch. Immer freundlich, fröhlich und zugewandt. Als Moslem hatte er keine Probleme, mit mir selbst bei Andachten zusammenzuarbeiten. Wir haben sogar eine eigene Gesprächsreihe auf die Beine gestellt: *Islam und Christentum für Dummies.* Bei kleinen Konflikten, die in einem Wohnheim natürlich nicht ausbleiben, konnte er ausgleichend wirken. Zum Beispiel bei der Frage, ob man in der Dusche im dritten Stock ein Lamm schächten dürfe. Die Antwort lautete übrigens: Nein! Wir vermittelten den Schächtern allerdings einen Kontakt zum Clausthaler Schlachter.

Ich werde den Tag nicht vergessen, denn es war der Gründonnerstag, als Mustafa an meine Haustür klopfte. Als ich öffnete, sah ich schon in seinem Gesicht, dass mit ihm etwas nicht stimmte. Wortlos reichte er mir einen Zettel, auf dem ich las: „Ich kann seit heute Morgen nicht mehr sprechen." Ich bat ihn, einzutreten. Ich fragte ihn, was denn passiert sei, und bemerkte sogleich, wie doof es ist, jemanden zu fragen, der nicht mehr sprechen kann. Mustafa schrieb es mir auf: „Meine Freundin ist mit meinem besten Freund weggegangen. Sie waren schon lange ein Paar. Ich habe es nicht gewusst. Gestern Abend sagte sie es mir. Heute Morgen war meine Stimme weg."

Mir war bekannt, dass emotionale Stresssituationen zu körperlichen Schockzuständen führen können. Manche bekommen „hektische Flecken" in Rot mitten im Gesicht. Ich kannte eine ältere Frau, die nach dem Tod ihres Sohnes „blau angelaufen" war. Beide Wangen waren tiefblau und die Färbung ist niemals wieder weggegangen. Mustafa hatte es „die Sprache verschlagen". Wir gingen gemeinsam zum Arzt. Er tippte auch auf Schockreaktion und empfahl ihm, nicht krampfhaft sprechen zu wollen. „Das wird schon wieder", meinte der Doktor, und ich war mir unsicher, ob ich den Satz als tröstlich oder als banal empfand.

Dann klopften Mustafa und ich an alle Türen des Wohnheimes. Ich erklärte den Mitbewohnern, dass Mustafa im Moment nicht mehr sprechen kann. „Warum", log ich, „weiß ich auch nicht." Die Mitbewohner stellten sofort auf Notizzettelkommunikation mit ihm um.

Am folgenden Karfreitag habe ich mit meiner Familie Mustafa zum Essen eingeladen. Er konnte schon wieder lächeln, als meine Kinder ihm ihre neuesten Abenteuer erzählten. Alexandra durfte einen Studenten zum 30. Geburtstag freiküssen; Sebastian wurde von mir an der Gepäckausgabe am Münchner Flughafen vergessen; Christopher blieb beim Klettern über einen Jägerzaun leider genau in der Mitte (aua!) hängen. Nach dem Nachtisch sind wir dann schweigend spazieren gegangen. Natürlich im Oberharzer Regen.

Es war am Ostermittag, nicht am Ostermorgen, als Mustafa wieder an die Tür klopfte. Er strahlte. Und er sprach! „Ich kann wieder reden. Heute Morgen bin ich aufgewacht, in die Küche gegangen und sagte einfach und ohne zu überlegen: ‚Guten Morgen. Frohe Ostern.' Die anderen guckten mich verdutzt an, und da merkte ich es selbst. Es geht wieder. Ich habe wieder meine Stimme." Was für eine Ostergeschichte! Jesus überwand an diesem Tag den Tod und Mustafa seine Sprechblockade. „Gott sei Dank", sagte ich zu ihm, und das mit voller Überzeugung. „Das können Sie laut sagen", sagte er mit kräftiger Stimme.

Lothar
oder Champagner, Kreuz und Lächeln

Die Pfarrsekretärin hatte zu einem Abendessen eingeladen. Als neuer, junger Pastor von Bardowick freute ich mich, Leute aus der Gemeinde kennenzulernen. Fünf Ehepaare standen im prächtigen Garten bei Sekt und Selters und Smalltalk. Ein Mann fiel mir sofort auf. Klein, ungefähr 65 Jahre alt, braungebranntes Gesicht und die blauesten Augen, die ich je gesehen habe. Eine kleine goldgefasste Nickelbrille dazu, über die sich sogar John Lennon gefreut hätte. Und dann sein Lächeln und sein Lachen. Ein Mann, den man sofort gern hat. Ein Sympathieträger und Garant für das Gelingen jeder Party. Er erzählte auf herzliche Weise und verstreute Anekdoten wie Konfetti.

Dann setzten sich alle um den großen Tisch. Antipasti, Spaghetti, Scaloppine, Mousse au chocolat. Ein feines Abendmahl mit Pinot gris und Cabernet Sauvignon.

Nur einer störte in der Runde. Ein grobschlächtiger Kerl, der mit seiner jungen, sehr jungen Freundin dabei war. Er war genau der Typ von Mann, den ich gar nicht mag: der Meinung, dass seine Meinung immer die richtige ist. Dazu blafft er wie ein Terrier laut durch die Gegend. Natürlich ist er ein Kenner sämtlicher Kochrezepte und Weine. Als ich sagte, dass man in Griechenland auch Rotwein zu gegrilltem Fisch reicht, nannte er mich einen „jugendlichen Deppen". „Da müssen Sie als Pastor noch etwas lernen!" Danke. Dann zog er über nicht anwesende Nachbarn her. Und plötzlich kam der Knall. Der lächelnde, blauäugige Herr wandte sich ganz ruhig an ihn und sagte: „Sie sind ein ganz und gar hinterfotziger Typ." Ich dachte, ich höre nicht recht. Der Grobschlächtige wirkte wie ein Luftballon, der mit einer Nadel so fein gestochen wird, dass er nicht platzt, aber aus dem im Sekundentakt die Luft entweicht. So sagte er nichts mehr und ging ohne Gruß nach der Mousse. Seine Freundin folgte ihm still und ergeben.

Nach dem Essen ging ich zu dem Mann, der den richtigen Satz zur richtigen Zeit ausgesprochen hatte. „Das hätte ich mich nicht getraut", sagte ich. „Aber das musste nun mal sein", sagte er. „Übrigens, ich heiße Lothar!" „Und ich Matthias." Das war der Beginn unserer ungewöhnlichen Freundschaft. Nach diesem denkwürdigen Abend haben wir uns oft getroffen. Ich begegnete und entdeckte einen spannenden Mann. Gelernter Kunstmaler, dann aber studierter und promovierter Geologe. Bundesverdienstkreuz erster Klasse. Dass er für die Regierung arbeitete, wurde von ihm nur angedeutet, aber ein Geheimnisträger kann eben Geheimnisse auch für sich behalten. Ich lernte ihn kennen als einen wahren Genussmenschen in Hinsicht auf

Essen, Weine, Frauen und Musik. Kein Kostverächter. In keiner Weise.

Eines Tages rief er mich an. In seiner Stimme hörte ich schon einen ganz und gar anderen Ton. „Kannst du mal vorbeikommen? Es ist etwas passiert.“ Bei ihm zu Hause erzählte er mir von seinem letzten Arztbesuch. Der Befund war eindeutig. Speiseröhrenkrebs. Er wurde an eine Spezialklink in London verwiesen. Ausgang: ungewiss. Es könnte die Speiseröhre komplett entnommen werden. Vielleicht kam künstliche Ernährung auf ihn zu. Auf ihn, den Gourmet. Mehr Hölle geht nicht! „Nächste Woche fliege ich nach London; aber zuvor möchte ich noch einmal mit dir essen. Ich habe von einem Auftrag in Russland noch eine große Dose Beluga-Kaviar; dazu mache ich Pellkartoffeln. Besorgst du einen passenden Champagner?“ Natürlich besorgte ich den. In der Weinhandlung in Lüneburg schritt ich die Champagnersorten ab. Ich nahm einen „Krug“, den Rolls-Royce unter den Schaumweinen. Noch nie hatte ich so viel Geld für eine Flasche hingelegt, aber ich dachte: „Wenn das nun sein letztes Essen ist, dann muss ich das auch würdigen!“ Der Abend mit dem Essen und dem „Krug“ war ein Genuss. Mit Kuss, den er mir zum Abschied auf die Wange drückte.

Vier Wochen später war Lothar zurück. Zum Glück war alles gut gegangen. Er konnte seine Speiseröhre, wenn auch etwas verkürzt, behalten. Und weiterhin durfte er Essen und Trinken genießen. Ein paar Wochen später kam er zu meiner Geburtstagsfeier. Feierlich trug er ein großes Paket unter dem Arm. Er bat darum, dass ich es nur mit ihm auspacke. In einem barocken Rahmen war ein Ölgemälde von ihm. Jesus am Kreuz von Golgatha, vor schwarzem Himmel, altmeisterlich gemalt. Als wäre Albrecht Dürer noch einmal auferstanden, um dieses Bild zu malen. Lothar sagte: „Mit Jesus und den ganzen religiösen Sachen habe ich mich nie beschäftigt. Kein einziges Bild habe ich mit dieser Thematik gemalt. Aber als ich in der Klinik in London war, passierte etwas. Sie gaben mir ein Kontrastmittel zu trinken, und um mich gut zu röntgen, haben sie mich an ein Metallgitter fixiert. Mit ausgebreiten Armen. Da habe ich begriffen, wie es wohl Jesus am Kreuz ging. Das Bild tauchte in mir auf und wollte gemalt sein. Hier ist es!"

Seitdem hängt das Bild in meinem Arbeitszimmer. Jesus am Kreuz, Lothar am Kreuz. Eine unauflösliche Kombination. Wenn ich Besucher bei mir habe, werden die meisten fast magisch von diesem Bild angezogen. Da es perfekt im alten Stil gemalt ist, fragen viele, wie alt denn das Gemälde sei. 200 Jahre oder doch 400 Jahre? Dann erzähle ich die Geschichte seiner Entstehung, die selbst eine Landesbischöfin und einen Ministerpräsidenten beeindruckt hat.

Mein Lebensweg führte mich von Bardowick und damit auch von Lothar fort. Wir hatten nur noch sporadisch Kontakt. Dann, plötzlich und unerwartet, rief mich seine Freundin an. „Lothar ist eingeschlafen. Kannst du ihn beerdigen?“ Ich sagte zu. Bei einem beliebten Menschen wie ihm war es kein Wunder, dass die Kapelle bis auf den letzten Platz besetzt war. In der Predigt erzählte ich die Geschichte von seinem Bild. Zum Schluss blickte ich in die Gemeinde. Für einen Moment hatte ich den Eindruck, als würde hinten an der Tür Lothar stehen, mit seinen blauen Augen und der goldenen Nickelbrille, mit seinem wundervollen Lächeln und einem Glas Champagner in der Hand. Zur Gemeinde sagte ich: „Amen“, und im Geiste dachte ich: „Prost, alter Freund.“

Tod und Taufe
oder Wir wissen weder Zeit noch Stunde

Nach dem Gottesdienst spricht mich Herr L. an. Wir kennen uns schon seit Jahren, d. h. eigentlich kennen sich unsere Hunde seit Jahren. Herr L. hat einen kleinen, schwarzen Pudel mit Namen Irma. So traf ich ihn beim Gassigehen mit Sam, meinem Golden Retriever. Sam und Irma mochten sich auf Anhieb. Herr L. und ich ebenso. Er war 70 Jahre alt, als wir uns kennenlernten, und konnte auf ein erfahrungsreiches Leben mit Familie und eigener Firma zurückblicken. Ein gemeinsames Hobby haben wir auch schnell entdeckt: Silvaner, am besten vom Weingut Castell. So manches Mal haben wir uns bei dem einen oder anderen Glas auf seiner Terrasse am Abend getroffen. Dann starb seine Frau, plötzlich und unerwartet. Die Trauergespräche brachten uns noch näher zusammen, sodass aus der Bekanntschaft fast schon eine Freundschaft wurde.

Nun redete er mit mir vor der Kirchentür: „Pastor Schlicht, kommen Sie doch mal wieder auf einen Silvaner vorbei. Mir liegt was auf dem Herzen.“ Wir verabredeten uns. Herr L. kam gleich zur Sache. 1939 wurde er geboren, dann ging es mit den Eltern auf die Flucht. An seine Taufe hatte in den damaligen Kriegswirren niemand gedacht. Dann die Ankunft im Westen, Aufwachsen, Lehre, Wirtschaftswunder, Firma aufbauen, Familie gründen. Leben und alt werden. Zur Kirche hatte er immer einen guten Draht gehabt. Ich kannte ihn von regelmäßigen Besuchen von Gottesdiensten, Abendmahlsfeiern, Bibelseminaren und Gemeindefesten. Herr L. war immer dabei.

Aber – wie er nun feststellte: Er war gar nicht getauft! Er gehörte gar nicht zur Kirche. Das wollte er ändern. „Ist doch noch nicht zu spät, oder?", fragte er. „Nein", sagte ich, „wir machen daraus eine kleine schöne Andacht mit Ihren Kindern, Enkeln und Freunden. Und danach feiern wir bei Ihnen im Garten." „Schön", sagte er, „aber da muss ich erst noch einmal Wein nachbestellen. Am besten nach den Sommerferien. Da sind Sie ja auch im Urlaub. Und ich muss vorher noch einmal ins Krankenhaus zum Durchchecken." „Alles klar", sagte ich, „ich freue mich."

Die Sommerferien kamen, der Urlaub ging vorbei. Auf dem Weg zum Kirchenbüro kam mir eine Dame aus dem Besuchsdienstkreis der Kirchengemeinde entgegen. „Haben Sie schon gehört? Herr L. ist ganz überraschend im Krankenhaus gestorben. Bei einer kleinen OP gab es auf einmal Komplikationen. Nun ist er tot." Diese Nachricht hat mich wirklich getroffen. „Das darf doch nicht wahr sein …"

Ich rief bei seinem Sohn an. Der Termin für die Trauerfeier war schon abgemacht. „Ich möchte Ihren Vater kirchlich bestatten", sagte ich. Der Sohn war mehr als überrascht. „Aber er war doch gar nicht Kirchenmitglied. Er war ja noch nicht mal getauft, wie wir im Stammbuch gesehen haben." Ich erklärte dem Sohn, dass sein Vater mir gegenüber seinen Taufwunsch deutlich geäußert hatte. Das gilt. Auch wenn der Tod dazwischengekommen ist, gilt er für mich als Christ und Mitglied unserer Gemeinde; ganz abgesehen davon, dass er regelmäßig an unseren Andachten und Veranstaltungen teilgenommen hat. „Okay", sagte der Sohn, „das wusste ich nicht, dass so etwas möglich ist."

Es ist möglich. Ein solcher Fall kommt zwar selten vor (für mich war es nach 27 Pastorenjahren das erste Mal), aber das Kirchenrecht ist hier eindeutig. Wer getauft werden will und in der Zeit bis zur Taufe verstirbt, gilt als „quasi getauft". Und er kann kirchlich beerdigt werden mit Predigt, Gesangbuchliedern, Gebet, Vaterunser und Segen.

So haben wir in unserer Gemeinde Herrn L. beerdigt. Sein Pudel Irma hat ein altes Ehepaar als neue, liebe Besitzer gefunden. Und ich denke so manches Mal, wenn ich an seinem Haus vorbeifahre, an ihn und unsere Weinabende. Und auch über die Taufe denke ich nach.

Als ich Theologie studiert habe, lernte ich die Worte von Paulus auswendig, der die klassische, bis heute aktuelle Tauflehre niedergeschrieben hat:

„Wisst ihr nicht, dass alle, die wir auf Christus Jesus getauft sind, die sind in seinen Tod getauft? So sind wir ja mit ihm begraben durch die Taufe in den Tod, auf dass, wie Christus auferweckt ist von den Toten …, auch wir in einem neuen Leben wandeln.“ So steht es im Brief an die Römer, Kapitel 6, Verse 3 und 4. Reinste Theologensprache, 2000 Jahre alt, in Vorstellungen und Denkbahnen der damaligen Zeit. In heutiger Sprache ausgedrückt bedeutet es: Bei der Taufe (damals waren es nur Erwachsene, die zumeist in einem Fluss mit dem ganzen Körper untergetaucht wurden) erlebt man gleichnishaft den Tod. Wenn ein Mensch unter Wasser gedrückt wird, ist es aus. Dieser angedeutete, symbolische Tod verbindet uns symbolisch mit dem Tod Jesu. Nur dass er am Kreuz ganz und gar gestorben ist. Aber nach der Taufe, wenn wir wieder „auftauchen“ und Luft schnappen können, dann leben wir wieder. Genauso wie Jesus nach der Auferstehung am Ostersonntag wieder „Luft schnappen“ konnte und zu neuem Leben gekommen ist. In der Welt des Paulus war eine solche symbolische Redeweise für viele Menschen verständlich und einleuchtend. Auch andere Religionen und Kulte hatten solche Riten, manche sogar noch viel drastischere. Für Paulus war es damals undenkbar, dass jemand als Christ gilt, wenn er nicht getauft ist. Herr L. hätte bei Paulus schlechte Karten gehabt. Nicht getauft? Das bedeutet: nicht mit Jesus Christus verbunden! Also Nicht-Christ! Also keine christliche Bestattung! Basta.

In diesem Punkt vertrete ich gegen Paulus eine andere Meinung. Sie gründet auf den Worten und Taten Jesu selbst. Jesus hätte auch Herrn L. in den Arm genommen. Er hätte ihm gesagt, dass er seinen Wunsch anerkennt; dass er sich freut, wie gern er zu Lebzeiten in den Gottesdienst gekommen ist, um Gott die Ehre zu geben. Wie er sich für seine Kinder und Menschen in Not – nicht nur finanziell – immer wieder bis zum Anschlag eingesetzt hat; und dass er seinen Hund Irma immer so lieb behandelt hat. Die Liebe Gottes zu Herrn L. wäre durch die Taufe noch einmal sehr deutlich sichtbar und fühlbar geworden. Aber der Tod kam dazwischen. Doch das weiß auch der gute, alte Paulus: „Ich bin gewiss, dass weder Tod noch Leben, weder Engel noch Mächte noch Gewalten, weder Gegenwärtiges noch Zukünftiges, weder Hohes noch Tiefes noch eine andere Kreatur uns scheiden kann von der Liebe Gottes, die in Christus Jesus ist" (Römerbrief, Kapitel 8, Verse 38 und 39). Das gilt auch für Herrn L. Auch sein früher Tod scheidet ihn nicht von Gottes Liebe. Kein Basta, sondern Amen.

Der letzte Tag

oder Tschüs

In einer deutschen Monatszeitschrift findet man am Ende des Heftes eine außergewöhnliche Rubrik: *Die letzten 24 Stunden.* Prominente werden dort befragt, wie sie – wenn sie es könnten – ihren letzten Tag gestalten würden. Ob Barbara Schöneberger oder Ingrid Noll, ob Johann Lafer oder Till Brönner: Seit Jahren werden berühmte Menschen danach befragt. Sie nehmen es mit ihrer Antwort sehr ernst. Dafür haben sie im Magazin eine ganze Seite Platz. Ohne dass sie dazu aufgefordert werden, äußern sie sich zunächst, ob sie an Gott glauben (die meisten nicht) oder an ein Leben nach dem Tod (die meisten doch). Promis sind gern Agnostiker, d. h. Menschen, die sagen, dass sie zum Thema „Gott" nichts sagen.

Diese Rubrik lese ich jeden Monat in der Zeitschrift als Erstes. Da mich die Redaktion wahrscheinlich nie fragen wird, möchte ich für mich selbst die Frage beantworten: „Matthias, wie soll dein letzter Tag aussehen?"

Um sechs Uhr klingelt der Wecker, wie immer. Meine Frau dreht sich noch einmal um, derweil ich in die Küche tapse, um einen total unökologischen Kapselkaffee an den Start zu bringen. Ich hole die Zeitung rein und lese den Lokalteil. Zum Kaffee einen oder zwei Kekse, vielleicht ein Stück vom Pflaumenkuchen, der vom Vortag übrig geblieben ist. Ich bin nie ein großer Frühstücker gewesen, und heute werde ich es auch nicht mehr werden. Dann kommt meine Frau aus dem Bad und ich gehe – unrasiert – mit Sam, dem Golden Retriever, eine halbe Stunde am nahen Waldesrand. Üblicherweise erzähle ich mir auf diesem Gang die nächste Predigt oder einen anstehenden Vortrag. Heute allerdings gehe ich noch einmal das Mittag- und Abendessen durch. Denn ich habe die Familie und alle guten Freunde eingeladen. Sie wissen auch den Grund. Um null Uhr wird Matthias tot sein. Davor wird gegessen und in Maßen gefeiert. „Typisch Matthias", werden sie sagen. Ein schönes Kompliment, finde ich.

Nach meiner Hunderunde und dem Duschen gehen meine Frau und ich in die Altstadt von Buxtehude zum Wochenmarkt. Gemüse aus Bardowick und Mediterranes vom Türken, Frischfisch aus Cuxhaven und Pfifferlinge aus der Heide. Bei Horst, dem Weinhändler, genießen wir das obligatorische Glas Sekt und Selters. Dann geht es zurück nach Hause in die Küche. Als mein Lieblingsort für Hobby und Meditation rangiert meine Küche noch vor meinem Kirchenschiff. Die Kinder sind schon da. Auch die ersten Freunde mit langem Anfahrtsweg trudeln noch vor dem Mittag ein. Peter aus Hannover mit seinem BMW-Oldtimer, Ute und Volker aus Zellerfeld, Daniel und Marc mit ihren neuen Gitarren, Thomas aus Gütersloh mit den letzten Verkaufszahlen meiner Bücher. Christian und Andreas sind per Bahn angereist. Bei einem Glas Rosé-Champagner (heute wird mal nicht so sehr gespart) wuseln alle in der Küche herum. Ich brate Lachs auf der Haut mit Kapern-Zitronen-Sauce. Wer eine Hand frei hat, schnippelt Salat und hilft bei den Rosmarinkartoffeln. Das Wetter ist schön, nicht zu heiß. Wir stehen auf der Terrasse an Bistrotischen und genießen den Mittagsimbiss. Allen schmeckt es. Ich danke im Geiste meiner Oma, von der ich offenbar das Koch-Gen geerbt habe.

Meine Lieblingsteamer aus der Kirchengemeinde kümmern sich um den Abwasch, sodass wir alle Zeit zu einem Spaziergang haben. Sam kommt natürlich mit. Wieder daheim, ist das Haus schon proppevoll. Schwager, Schwägerin, Nichten sind ebenso da wie Margot (wer das wohl ist?), das Wirtspaar vom Primus-Bistro, meine alten Pastorenfreunde Michael, Jürgen, der „Theologentreff" sowie einige unserer Nachbarn. Darunter ist auch Renate, die sich heimlich immer wieder ein paar Tränen wegtupft und leise seufzt: „Von wem kriege ich jetzt meine nächsten Rezepte mit Gelinggarantie?" Wer will, nimmt sich Kaffee oder Tee. Thea hat Philadelphia- und Baisertorten gemacht. Auch ich probiere höflich jeweils ein Stück. Ein Freund des Nachmittagskränzchens bin ich nie gewesen, womit ich auch an meinem letzten Tag eine Ausnahme im Kreise der anderen bilde.

Das Abendessen steht an. Da viele Köche immer noch den Brei verderben, habe ich schon vieles vorbereitet. Geraspelten Käse für ein Fondue. Steaks, Bratwurst und Gemüsesticks für den Grill. Gazpacho aus dem Kühlschrank. Scaloppine al limone von mir frisch aus der Pfanne. Und Salate in allen Variationen. Weinhändler Horst kommt mit Kisten voller Sauvignon blanc. Er bringt einen Bekannten mit, der auch Horst heißt und nun endlich – wie lange versprochen – meinen Computer auf Vordermann bringen will. Lieber spät als nie. Dann kommt noch ein dritter Horst extra aus Rodgau mit seinem großen Mercedes vorgefahren. Warum heißen eigentlich so viele meiner Freunde Horst? Nicht alle Fragen werde ich heute noch klären können.

In allen Räumen wird gegessen, genossen, geredet, getrunken, gelacht. Ich tänzele durch die Menge und freue mich, dass alle sich freuen. Ich war so klug und habe allen die Uhren und Handys abgenommen. Ich möchte keine verstohlenen Blicke zur Uhr, wie lange ich noch da bin. Nur ich trage meine schlichte Bering-Uhr am Handgelenk, passend zum blauen Anzug (mit Weste) vom Alt-Hamburger Herrenausstatter Policke und den bequemen braunen Schuhen aus Rostock. Daniel, Olaf, Marc, Thilo und Niklas haben ihre Gitarren ausgepackt und singen mit vielen anderen im Esszimmer alle Hits von den *Beatles* bis zu den *Eagles*. Im Wohnzimmer hat sich meine Lust an diversen

Spielen ausgebreitet: *Phase 10, Scrabble, Rummy, Kniffel* und natürlich *Heckmeck am Bratwursteck.* Einige wenige Lions-Freunde diskutieren mit Brüdern der Freimaurerloge über ein gemeinsames Projekt. Gerd und Eberhard reden liebevoll mit meinen Eltern. Bei dem ganzen Gewimmel überhören leider alle den an der Haustür klingelnden Superintendenten, der eine Flasche alkoholfreien *Rotkäppchen*-Sekt von ALDI zum Abschied überbringen will. Er hinterlässt die Flasche vor der Haustür. Auf der angehängten Karte steht: „Mit den besten Grüßen vom Kirchenkreis".

Mit Blick auf meine Uhr stelle ich fest, wie schnell doch die Zeit vergeht. Niemand bemerkt, dass ich mit meinen drei Kindern und meiner Frau fortgehe. Im Schlafzimmer umarme ich jeden mit Kuss und einem „Ich liebe dich." Dann ziehe ich Jackett und Schuhe aus und setze mich, Rücken an die Wand, auf das Bett. Die Kinder und meine Frau sitzen bei mir. Es ist 23.55 Uhr. Die nächsten drei Minuten werden schwer, besonders für mich. Was sagt man denn nun? Die anderen können Stille gut aushalten, aber ich wohl nicht. 23.58 Uhr. Ich sage noch einmal „Ich liebe euch. Ich habe keine Angst." Und dann meinen Lieblingsvers von Ringelnatz: „Wenn ich tot bin, darfst du gar nicht trauern. Meine Liebe wird mich überdauern/ Und in fremden Kleidern dir begegnen/ Und dich segnen." Ich schließe die Augen. Es ist null Uhr. Die Glocke läutet. Ich bin da.